NACHTCLUB-SÜNDEN KURZGESCHICHTEN

MILLIARDÄR LIEBESROMANE

MICHELLE L.

INHALT

Erzwungene Intimität Buch Eins	1
1. Kapitel Eins	2
2. Kapitel Zwei	6
3. Kapitel Drei	11
4. Kapitel Vier	15
5. Kapitel Fünf	20
Vorschau - Kapitel 1	25
Der Jungfrauenschleier Buch Zwei	57
6. Kapitel Eins	58
7. Kapitel Zwei	63
8. Kapitel Drei	68
9. Kapitel Vier	72
10. Kapitel Fünf	76
Vorschau - Kapitel 1	81
Swank Buch Drei	110
11. Kapitel Eins	111
12. Kapitel Zwei	115
13. Kapitel Drei	119
14. Kapitel Vier	123
15. Kapitel Fünf	127
Vorschau - Kapitel 1	132

Veröffentlicht in Deutschland:

Von: Michelle L.

© Copyright 2021

ISBN: 978-1-64808-745-5

ALLE RECHTE VORBEHALTEN. Kein Teil dieser Publikation darf ohne der ausdrücklichen schriftlichen, datierten und unterzeichneten Genehmigung des Autors in irgendeiner Form, elektronisch oder mechanisch, einschließlich Fotokopien, Aufzeichnungen oder durch Informationsspeicherungen oder Wiederherstellungssysteme reproduziert oder übertragen werden. storage or retrieval system without express written, dated and signed permission from the author

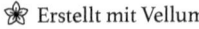 Erstellt mit Vellum

ERZWUNGENE INTIMITÄT BUCH EINS
EIN VERBOTENE BABYSITTERIN EXTRA

Eine Mission, von der ich wohl nicht zurückkehren würde, brachte mich dazu, Deals zu machen wie noch nie zuvor ...
Als Marine war mir Gefahr nicht fremd.
Diese Mission allerdings ... Nun, es war mit ziemlicher Sicherheit ein Todeskommando.
Ich brauchte jemanden, der mir half, die Woche zu überleben, bevor ich zu meinem sicheren Untergang geschickt wurde.
Ich hätte nie erwartet, sie zu finden. Ein perfektes Mädchen.
Unsere Körper benahmen sich nicht so, als wären wir Fremde.
Von Anfang an erlag sie mir auf eine Weise, die ich mir nie vorstellen konnte.
Ich nahm die Erinnerung an ihren süßen Körper mit, als ich sie an jenem Tag verließ.
Würde ich sie jemals wiedersehen?

KAPITEL EINS

Samson

ALLES, was ich tun wollte, war, mich von der bevorstehenden Mission abzulenken. Ich war ein verdammt guter Soldat. Und ich würde alles für mein Land tun. *Alles*. Meine einzige Option: meine Befehle erfolgreich ausführen oder sterben.

Genau das würde ich in einer Woche tun. Alles geben. Sogar mein Leben. Captain Chapman hatte es nicht laut ausgesprochen, aber wir alle wussten, womit wir es zu tun hatten. Diese Mission würde höchstwahrscheinlich unsere letzte sein.

Da der Sensenmann bereits auf mich wartete, brauchte ich ein hübsches Mädchen, mit dem ich noch einmal Spaß haben konnte. Ich wollte nur meinen Kopf zwischen die Beine einer wunderschönen, wilden Frau stecken, die mich mit klarem Kopf und leeren Eiern auf meine Mission schicken würde.

Nach meiner Erfahrung konnte eine schöne Frau einen dazu bringen, seine Probleme zu vergessen. Eine ganze Woche mit einer schönen Frau würde mich definitiv vom Sensenmann ablenken.

Ich fuhr über den Highway 76 von Camp Pendleton nach Fallbrook, um zu einem Burger-Laden namens *Oink and Moo Burgers and BBQ* zu gelangen. Warum fuhr ich für etwas zu essen eine halbe Stunde durch die Gegend?

Ganz einfach. Ich liebte Pulled Pork Sandwiches. In Tennessee konnte ich an jeder Ecke eines bekommen. Aber in Kalifornien? Ich betrachtete es als eine seltene Delikatesse, die die Mühe wert war. Wenn die Todeskandidaten ihre letzte Mahlzeit wählen durften, dann sollte ich auch dieses Recht haben.

Außerdem hatte Fallbrook die Art von Bars, in denen ich eine Frau zu finden hoffte. Schließlich drohte mir der sichere Tod. Aber vorher wollte ich noch ein wenig Spaß. Die Bars waren voll von Mädchen, die auf der Suche nach Spaß waren. Ich rückte meinen Schwanz zurecht, als ich fuhr. Ich war bereit.

Als ich die braunen Fensterläden und die zwei Cartoon-Schweine auf dem Ladenschild sah, hatte ich fast das Gefühl, zu Hause in Chattanooga zu sein. Kitschige Burger-Läden und Waffel-Restaurants waren die Lebensadern des Südens. Südstaatenessen bot Trost, und ich musste getröstet werden.

Ein lebensgroßes Schild, das mit einer Brünetten in einem gelben Cowgirl-Outfit bemalt war, begrüßte mich am Eingang. Ihr Anblick gab mir ein gutes Gefühl, als ich hineinging. Es würde eine gute Nacht werden.

Ich setzte mich in eine Nische mit einer hellen Lampe, die von der Holzdecke herabhing. Das fettige, herzhafte Essen von *Oink and Moo* war genau das, was ich brauchte, um meinen Magen zu füllen, bevor ich nach einer Frau für die nächste Woche suchte. Ich wollte kein Risiko eingehen und mich betrinken, sonst könnte ich mit einer Furie aus der Hölle enden und nicht mit der Sexgöttin, nach der ich mich sehnte.

Wie auf Kommando kam das verführerischste Mädchen, das ich je gesehen hatte, an meinen Tisch. Sie hatte Kurven, eine Sanduhrfigur und Killerbeine. Ihre üppigen roten Lippen verzogen sich zu einem wunderschönen Lächeln, während ihre braunen Augen funkelten. Ihr Lächeln allein ließ mir einen Schauer über den Rücken und dann zu meinem Schwanz laufen.

Sie fuhr sich mit der Hand durch ihr blondes Haar, das bis zur Mitte ihres Rückens herabhing. „Was kann ich dir bringen?"

Ihr enges weißes V-Ausschnitt-Shirt, das mit einem augenzwinkernden *Oink and Moo*-Schwein bedruckt war, schmiegte sich an ihre üppigen Brüste. Ich war so auf ihr Dekolleté konzentriert, dass ich ihre einfache Frage komplett überhörte.

Sie legte eine Hand auf ihre Hüfte. „Siehst du etwas, das dir gefällt?"

Ich war erwischt worden.

Stotternd murmelte ich: „Ich ... es tut mir leid." Ihr Kopf war zur Seite geneigt und sie wartete auf eine Erklärung. „Es ist dein Shirt. Dieses Schwein ist urkomisch. Ich möchte eins kaufen. Ein Shirt. In meiner Größe natürlich."

Sie sah auf das grinsende Schwein hinunter.

Kaufte sie mir meine kleine Geschichte ab?

Ihre Augen wanderten mit einem spielerischen Blick zu meinen zurück, dann warf sie ihre blonden Haare nach hinten und lachte. „Okay."

Sie kaufte sie mir nicht ab, aber es schien ihr nichts auszumachen.

„Was willst du heute Abend noch außer dem Schweine-Shirt?", fragte sie mich mit einem Grinsen.

Meine Augenbraue schoss fasziniert hoch.

Sie schüttelte wieder den Kopf. „Ich rede vom Essen." Sie zeigte auf die Speisekarte auf dem Tisch. „Was möchtest du heute Abend essen?"

Lachend sagte ich: „Ich muss nicht auf die Speisekarte schauen. Ich hätte gern ein Pulled Pork Sandwich und Mac and Cheese Fritters mit Speck." Ich lehnte mich zurück und beäugte die langen Beine der Kellnerin. „Und ein Sierra Nevada." Meine Augen konnten nicht aufhören, dieses heiße, kleine Ding zu betrachten.

Ihr Lächeln wurde verschlagen. „Musst du wirklich nicht auf die Speisekarte schauen?"

Ich zeigte auf ihre Hände, die ich mir kurz dabei vorstellte, wie sie meinen harten Schwanz umfassten, und sagte: „Musst du meine Bestellung nicht aufschreiben?" Sie hatte keinen Stift oder Notizblock dabei.

Sie zeigte auf ihren Kopf. „Ich merke mir alles. Mach dir keine Sorgen."

Ich ahmte ihre Geste nach und deutete auf meinen Kopf. „Ich auch."

Ihr Lächeln verblasste nicht. „Pulled Pork, Mac and Cheese Fritters mit Speck und Sierra Nevada. Ich komme gleich zurück." Sie ging von meinem Tisch weg und ihr langes blondes Haar wiegte sich im Takt ihrer Schritte. Ich stellte mir diese Haare in meiner Hand vor, während ich sie von hinten nahm.

Ihr runder, üppiger Hintern erregte meine Aufmerksamkeit und ließ sie nicht mehr los. Sie musste gespürt haben, dass ich jeden Zentimeter von ihr bewunderte, denn sie drehte sich um und schenkte mir ein sexy Lächeln.

Ich biss mir auf die Unterlippe. Dieses Mädchen war perfekt.

Ich hatte meine ultimative Sex-Göttin für diese Nacht gefunden.

2

KAPITEL ZWEI

Kayla

Er war der heißeste Mann, den ich jemals in meinem Leben gesehen hatte. Vorsichtig öffnete ich die Tür einen Spaltbreit, gerade genug, damit ich ihn noch einmal sehen konnte.

Er hatte kurze, braune Haare. So wie ich es mochte. Männlich.

Von dort aus, wo ich stand, konnte ich die Adern auf seinen starken, dicken Armen sehen. Er war aus Muskeln gemacht. Ich konnte mir vorstellen, wie umwerfend er ohne Hemd aussehen musste. Oder wie es sich anfühlen musste, in diesen modellierten Armen gefangen zu sein und an seine breite Brust gepresst zu werden.

Und diese Augen ... Eisblau und voller Verlangen nach mir. Er sagte, er wolle mein Shirt, aber ich war mir ziemlich sicher, dass er das wollte, was darunter war. Ich legte eine Hand auf meine großen Brüste. Sie hatten mir schon jede Menge Aufmerksamkeit eingebracht: positive und negative. Aber heute hatten sie mir die beste Aufmerksamkeit aller Zeiten beschert.

Gina gab mir mit einer Speisekarte einen Klaps auf den Hintern. „Was ist so interessant?"

Ich schrie auf und schloss die Tür. „Der heißeste Typ, den ich je in meinem Leben gesehen habe."

Gina verengte ihre Augen. „Lass mich das beurteilen." Sie öffnete die Tür und spähte hinaus.

Dann schloss sie die Tür wieder und sagte: „Das ist ein verdammt feines ..."

Ricky, ein weiterer Kellner, eilte mit einem Teller voller Essen an uns vorbei und verengte die Augen. „Tratscht ihr wieder, Mädchen? Hört meinetwegen nicht auf."

Gina sah Ricky an und vollendete ihren Satz. „... Stück Schweinefleisch!" Ricky warf ihr einen verwirrten Blick zu. Ginas Augenbrauen hoben sich, als sie mir zuflüsterte: „Aber er sieht aus wie ein Herzensbrecher. Sei vorsichtig."

Gina musste recht haben. Männer, die so aussahen, waren normalerweise großspurige Bastarde. Er war wahrscheinlich nur auf der Suche nach einer schnellen und einfachen Affäre.

Ich trug sein Essen zu seinem Tisch. Er sah mich mit diesem wunderschönen Lächeln und seinem kantigen Kinn an. Ich stelle sein Essen und sein Bier vor ihn hin.

Verdammt. Arroganter Bastard oder nicht, er würde mir wahrscheinlich die Nacht meines Lebens geben.

Seine Augen waren fest auf mich gerichtet. „Was machst du in einer Stunde?"

Ich blickte auf meine Uhr. „In einer Stunde? Ich werde immer noch arbeiten."

Er beugte sich verschwörerisch vor. „Wie wäre es, wenn du dir den Rest der Nacht freinimmst? Ich werde dir ein schönes Trinkgeld geben, das ungefähr dem entspricht, was du in zwei Nächten verdienst."

Was meinte er damit? Das konnte er nicht ernst meinen.

Beleidigt schüttelte ich den Kopf. „Tut mir leid, aber ich bin keine Prostituierte."

Sein Gesicht wurde weicher, als er erklärte: „Das habe ich nicht gesagt. Aber ich möchte, dass du mit mir zum Red Eye Saloon kommst. Er ist gleich die Straße runter. Dann können wir sehen, ob mehr daraus wird. Kein Druck. Ich möchte dich nur kennenlernen."

„Nur kennenlernen, hm? Natürlich." Dieses Arschloch würde sein blaues Wunder erleben, wenn es dachte, ich könnte wie eine Nutte gekauft werden. Ich runzelte die Stirn. „Nein, danke."

Dann wirbelte ich herum und ging weg.

Was für ein Idiot! Wofür hielt er sich?

Er war heiß, aber ich war wütend darüber, dass er mich so behandelt hatte.

Meine Wut überwältigte mich. Ich drehte mich um und war entschlossen, ihm die Meinung zu sagen. Er hatte seinen Kopf gesenkt und schaute auf sein Handy, während er aß. „Hey!", donnerte ich.

Er sah von seinem Essen auf. „Es tut mir leid, wenn das, was ich gesagt habe, falsch herausgekommen ist." Er hob seine Hände an und wirkte ehrlich reumütig. „Ich denke nicht, dass du eine Nutte bist. Ich denke, dass du wunderschön bist, aber definitiv keine Nutte."

Ich war bereit, ihn mit meinen Zähnen zu zerfetzen, entdeckte aber ein USMC Tattoo auf seinem rechten Unterarm. Meine Wut verschwand sofort.

Mein älterer Bruder Jerry war vor etwas mehr als einem Jahr bei einem Einsatz getötet worden. Sein Verlust war immer noch eine frische Wunde in meinem Herzen.

Ich deutete auf das Tattoo. „Bist du ein Marine?"

Er sah auf sein Tattoo hinunter. „Ja."

Meine Stimme war leise. „Mein Bruder war auch ein Marine."

„War?" Er hielt den Atem an und wartete auf meine Antwort.

Ich nickte schwach. „Wir haben ihn letztes Jahr verloren."

Er schloss ein paar Sekunden die Augen. Dann öffnete er sie langsam und sagte: „Mein Beileid."

„Danke." Ich setzte mich ihm gegenüber. „Wie ergeht es dir im Dienst?"

Seine schönen blauen Augen blickten weg. „Ich habe keine Beschwerden." Er grinste, aber seine Augen sahen mich wehmütig an. „Ich werde auf eine Mission geschickt, auf die ich mich nicht gerade freue. Es ist ein Einsatz mit vielen Risiken. Wahrscheinlich komme ich nicht davon zurück."

Mein Herz schmerzte für ihn. Sein Angebot war keine schmierige Anmache. Dieser Typ würde sich bald in einer tödlichen Situation wiederfinden. Er hatte wahrscheinlich Angst und wollte einfach nur Gesellschaft haben. Ich konnte es ihm nicht verübeln. „Es tut mir leid, dass ich vorhin so unhöflich war. Ich werde als Kellnerin oft angemacht und …"

Er winkte ab. „Kein Erklärungsbedarf. Ich hätte dich richtig um ein Date bitten sollen, anstatt dir Geld anzubieten."

„Also bittest du mich um ein Date?" Ich konnte fühlen, wie sich mein Mund zu einem Lächeln verzog.

„Ja, Ma'am. Das tue ich." Er leckte sich die Lippen und faltete die Hände auf seinem Schoß, während er auf meine Antwort wartete. Als er mit seiner Zunge über seine Lippen strich, wurden meine Knie weich. Ich war dankbar dafür, dass ich mich hingesetzt hatte.

„Ich denke, dass das, was du für unser Land tust, fantastisch ist, und ich würde mich sehr geehrt fühlen, mit einem echten Helden ein Date zu haben."

Mit einem strahlenden Grinsen legte er seine Hand auf sein

Herz. „Danke, Kayla." Er reichte mir seine Hand. „Ich bin Samson."

„Woher kennst du meinen Namen?"

Er wies auf meinen Oberkörper. „Von deinem Namensschild."

Ich legte eine Hand darauf und lachte. „Also hast du vorhin auf mein Namensschild geschaut."

Er grinste. „Unter anderem."

Ich stand vom Tisch auf und freute mich plötzlich auf die Nacht, die vor mir lag. „Nun, Samson. Ich will dich auch gern kennenlernen."

Er hob den Kopf und grinste mich an. „Du willst mich kennenlernen?"

Ich sah auf sein Hemd, das sich über seiner breiten Brust spannte, und sagte: „Unter anderem."

Er lachte und klatschte in die Hände. „Alles klar!"

„Ich sage Gina Bescheid, dass sie für mich einspringen soll. Dann können wir gehen."

Als ich zurück in die Küche ging, um Gina zu finden, flackerte Nervosität in mir auf. Ich hatte noch nie so etwas getan.

War es eine schreckliche Entscheidung, für einen Kerl, den ich gerade erst kennengelernt hatte, die Arbeit zu verlassen? Einen Kerl, der wie der geborene Herzensbrecher aussah?

Aber ich war zu aufgeregt, um darüber nachzudenken.

3

KAPITEL DREI

Samson

Ich saß an der Bar im Red Eye Saloon und war komplett von Kayla fasziniert. Sie war nicht nur bemerkenswert schön, sie war auch schlau. Ich fand heraus, dass sie Informatik an der California State University in San Marcos studierte. Sie war Kellnerin bei *Oink and Moo*, um ihr Stipendium aufzubessern.

„Was hast du vor, wenn du mit dem Studium fertig bist?", fragte ich beeindruckt von ihrem Ehrgeiz.

Sie grinste mich an. „Ich will mich auf die Entwicklung maschineller Lernanwendungen, die beim Militär eingesetzt werden können, konzentrieren."

Ich schüttelte schockiert den Kopf. „Du meinst künstliche Intelligenz?"

„Ja. Ich möchte Technologie so einsetzen, dass Leute wie du", sie legte eine Hand auf mein Knie, „sich nicht mehr in Gefahr begeben müssen."

Ihre Hand auf meinem Oberschenkel schickte einen Schauer durch mein Bein und versteifte meinen Schwanz. Alles an Kayla war bemerkenswert. Sie war wunderschön und brillant.

Unglaublich, ich wurde hart bei einem Gespräch über Computerwissenschaften.

Ich erinnerte mich daran, was sie mir über ihren Bruder erzählt hatte. Ich nahm ihre Hand in meine und drückte sie. „Das ist wirklich großartig, Kayla. Ich bin sicher, dass dein Bruder stolz auf dich wäre."

Sie sah mich mit einem fragilen Lächeln an. „Er hat mich ermutigt, Informatik zu studieren." Sie drückte meine Hand. „Danke."

Jemand spielte *Take My Breath Away* auf der Jukebox, wahrscheinlich als *Top Gun*-Witz, aber das war mir egal. Ich hüpfte vom Barhocker und führte Kayla zu der provisorischen Tanzfläche neben den Billardtischen. „Tanz mit mir."

Sie lächelte. „Tanzen? Hier?" Sie sah sich verlegen um.

Ich schlang meine Arme um ihre winzige Taille. „Ja. Warum nicht?" Die Wärme ihres schlanken Körpers erregte mich. Sie drückte ihre Brüste gegen mich, als wir tanzten. Ihre langen blonden Haare rochen nach frischem Lavendel.

Ich hielt sie an mich gepresst und sah ihr in die Augen. „Ich denke, du bist eine erstaunliche Frau, Kayla." Sie lächelte bei meinen Worten, als wir langsam tanzten. „Ich suche keinen One-Night-Stand. Ich würde dich gerne für die ganze Woche zu mir nach Hause einladen, bevor ich gehe. Ich weiß, dass du tagsüber zur Arbeit und zur Universität musst, also verbringst du vielleicht deine Nächte mit mir?"

Ich hielt den Atem an und wartete auf ihre Antwort. Ihre vollen Lippen verzogen sich zu einem breiten Lächeln. „Nur zu gern."

Mein Herz begann schnell zu schlagen. „Können wir jetzt gehen?"

Sie nickte und ihre Augen leuchteten zu mir auf. „Ja!"

Bei mir zu Hause trafen sich unsere Münder und wir erkundeten einander in einer wilden Welle sexueller Energie. Wir schafften es nur bis ins Wohnzimmer, bevor wir uns gegenseitig die Kleider vom Leib rissen. Benommen führte ich sie in mein Schlafzimmer, wo ich sie voller Ehrfurcht für ihren prächtigen Körper auf das Bett legte.

Kaylas nackter Körper war ein wunderschöner Anblick. Ihre runden Brüste hoben und senkten sich wie weiche Hügel. Ihre Taille ging in volle, kräftige Hüften über. Zwischen ihren Beinen war sie rasiert und ihr Zentrum schimmerte bereits feucht. Ich öffnete sie sanft mit meinen Fingerspitzen und ließ meine Zunge ihre Klitoris kitzeln.

Kayla stöhnte, als sie vor Vergnügen ihren Rücken wölbte. Ich wollte sie ganz schmecken und schob zwei Finger in ihr nasses Zentrum. Ihre Muskeln spannten sich um meine Finger an, so dass mein Schwanz härter als je zuvor wurde. Ich drückte meine Finger tiefer in sie, während meine Zunge weiter mit ihrer empfindlichen Klitoris spielte. Kaylas lustvolle Schreie machten mich fast wahnsinnig.

Ich zog meine Finger aus ihr heraus, steckte sie in meinen Mund und kostete ihren süßen Nektar. „Du schmeckst so gut."

Ihre großen braunen Augen starrten mich an. „Ich möchte es probieren."

Ich schob meine Finger wieder in sie und ließ sie aufstöhnen. Dieses Mal wölbte sich ihr Rücken noch mehr und ihre Brüste bebten. Mein Schwanz war bereit zu explodieren. Ich zog meine Finger aus ihr heraus und tauchte sie in ihren offenen, feuchten Mund, während ich meinen Schwanz tief in sie steckte. Ihr Mund schloss sich um meine Finger, als ihr Zentrum meinen Schaft in einer engen, warmen, feuchten Umarmung umklammerte. Sie saugte an meinen Fingern, während ich weiter in sie stieß.

„Du bist so eng", murmelte ich. Ich zog meine Finger aus

ihrem sexy Mund und meine Zunge kollidierte mit ihrer. Wir verschlangen einander, als ich in sie stieß und sie meine Bewegungen erwiderte.

„Du bist so tief in mir!", flüsterte Kayla in meinen Mund. Sie biss mir sanft in die Unterlippe, bevor sie sagte: „Fick mich härter." Ich packte ihre Hüften und schob mich mit mehr Kraft in sie hinein. „Ja! Ja!", rief sie. Ihre sexy Stimme erregte mich. Vor Leidenschaft war sie rau und atemlos. „Härter!", feuerte sie mich an.

Meine Hände packten ihren runden Hintern, als ich mich immer tiefer in ihr Inneres stürzte. Mir war schwindelig vor Vergnügen, und ich war am Rande eines Orgasmus. Kayla biss in meine Schulter und stöhnte wild.

Schließlich spürte ich, wie Kayla unter mir erbebte. Ihre Augen waren fest geschlossen, während ihr Mund stöhnte. „Ich komme, Samson!" Der Klang meines Namens auf ihren Lippen schickte mich über den Rand der Ekstase. Ich kam hart und ergoss mein heißes Sperma mit geschlossenen Augen in ihren glorreichen Körper.

Als meine Augen sich öffneten, lag Kaylas wunderschöner Körper heiß und erschöpft vor mir. Ich küsste sanft ihre Brustwarzen, bevor ich neben sie fiel, um wieder zu Atem zu kommen. Sie schmiegte sich sofort in meine Arme, legte ihren Kopf auf meine Brust und rieb mit einer Hand über meine Bauchmuskeln.

Ich legte einen Arm um sie und konnte kaum glauben, dass ich das Glück gehabt hatte, sie zu finden. Ich ließ meine Augen zufallen, aber ich fragte mich, ob ich einen schrecklichen Fehler gemacht hatte. Konnte ich eine Woche lang mit dieser wundervollen Frau schlafen und dann in den Tod gehen?

Ich schlief ein, als mir klarwurde, dass es keine Rolle spielte. In einer Woche würde ich gehen müssen. Ich konnte nichts tun, um das zu ändern.

KAPITEL VIER

Kayla

Es war nur ein paar Tage her, dass ich Samson das erste Mal getroffen hatte, aber es fühlte sich an, als würde ich ihn schon lange kennen. Nach unserer ersten wilden Sexnacht war es am nächsten Morgen so, als ob wir schon oft miteinander im Einklang aufgewacht wären. Obwohl ich ihn erst in der Nacht zuvor kennengelernt hatte, fühlte es sich natürlich an.

Samson machte jeden Morgen ein dekadentes Frühstück. Ich wachte zum Duft von Eiern und Speck, Blaubeerpfannkuchen oder Rührei auf. Er war ein fabelhafter Koch.

Nachdem ich gegessen hatte, ging ich zur Arbeit oder zur Universität, aber nicht bevor Samson mir einen langen, heißen Kuss gab. Dieser Kuss würde den ganzen Tag in meinem Kopf bleiben. Ich konnte es kaum erwarten, zu dem Mann zurückzukehren.

Jede Nacht liebten wir uns wie beim ersten Mal: wild, intensiv und mit multiplen Orgasmen. Samson war ein phänomenaler Liebhaber. Wir passten so gut zusammen. Unsere Chemie war unglaublich.

Nach unserer ersten gemeinsamen Nacht ging ich nach Hause und packte eine Tasche für die ganze Woche. Gina steckte ihren Kopf in unser Zimmer. „Verreist du?"

Ich scheuchte sie weg, wohl wissend, dass sie es nicht gut finden würde. „Nein. Du willst es nicht wissen."

Sie ließ sich auf mein Bett fallen und beobachtete mich beim Packen. „Eigentlich schon." Ihre Augen leuchteten auf. „Nimmt dich dieser sexy Typ aus *Oink and Moo* auf eine Reise mit?"

Ich stopfte Unterwäsche in meine Tasche. „So ähnlich."

Ihre Augen verengten sich. „Das verstehe ich nicht."

Ich seufzte. „Er muss in einer Woche weg und hat mich gebeten, solange bei ihm zu bleiben."

Sie durchsuchte meine Tasche und zog einen roten Spitzen-BH heraus. „Wie eine Orgie oder so?"

Ich verdrehte meine Augen. „So etwas ist es nicht." Ihre Augenbrauen hoben sich fragend. Bei ihrem durchdringenden Blick musste ich es zugeben. „Okay. Es ist so etwas." Ich sprang neben ihr auf das Bett.

Da die Katze aus dem Sack war, musste ich Gina alles erzählen. „Der Sex ist unglaublich. Es ist mir egal, wie das klingt. Und er ist so süß und sensibel. Er hört zu und versteht, wovon ich rede bei meinen Informatik-Ideen."

Gina setzte sich auf und schob sich eine Haarsträhne aus dem Gesicht. „Okay. Das klingt fantastisch." Sie hielt inne. „Du kannst deine Beine so weit öffnen, wie du willst, aber halte dein Herz fest verschlossen." Sie lächelte. „Ich will nicht, dass du verletzt wirst oder ihm nachweinst, wenn er weg ist."

Am Donnerstagabend wartete ich auf Samson in seinem Haus. Er wohnte in einem gemütlichen Haus in Oceanside, zehn Autominuten von Camp Pendleton entfernt. Es hatte hohe

Decken und einen offenen Grundriss und es gab zwei Schlafzimmer und ein Arbeitszimmer. Sein Zuhause war wunderschön und geräumig. Ich liebte es.

Hier war viel mehr Platz als in der beengten Wohnung, die ich mit meinen Mitbewohnerinnen Cindy und Gina teilte. Ich liebte die beiden, aber unsere verschiedenen Arbeits- und Stundenpläne störten mich manchmal bei meiner Programmierzeit am Computer. Ich wurde zur stereotypen Programmiererin und saß in einem dunklen Raum, nicht freiwillig, sondern weil die hellen Lichter Gina störten, wenn sie versuchte zu schlafen.

Als ich nach dem Unterricht zu Samsons Haus ging, hatte er mir eine Notiz auf dem Küchentisch hinterlassen.

Fühle dich wie zu Hause. Ich muss ein paar Besorgungen machen. Bis dann.
Samson

Ich stellte meinen Laptop auf Samsons Bett. Ich hatte Backpropagation-Algorithmus-Hausaufgaben zu erledigen. Während ich an meinem neuralen Netzwerk arbeitete, entschied ich mich, mir ein pinkes Negligé anzuziehen. Ich war nicht sicher, wann er zurückkommen würde, aber ich wollte bereit für ihn sein, sobald er nach Hause kam. Ich sehnte mich danach, ihn wiederzusehen und meine Beine um ihn zu legen.

Nach einer Stunde hatte ich mit der zufälligen Initialisierung in meinem neuralen Netzwerk Fortschritte gemacht, was perfekt war, denn als ich aufblickte, stand Samson in der Tür und beobachtete mich.

„Ich glaube nicht, dass ich jemals etwas Heißeres gesehen habe als dich, wie du in diesem Nachthemd am Computer arbeitest." Er schlenderte in den Raum und lächelte mich an. Ich konnte fühlen, wie seine Augen über meinen Körper wanderten. „Ich bin schon hart." Er öffnete seine Hose und entblößte seinen riesigen, harten Schwanz.

Ich stellte meinen Laptop auf den Beistelltisch und spürte,

wie sich mein Zentrum erwartungsvoll zusammenzog. Ich nahm meine Brille ab, die ich immer trug, wenn ich am Computer arbeitete.

Er kam zu mir. Sein Hemd und seine Hose waren bereits auf dem Boden verstreut und er ergriff sanft mein Handgelenk. „Lass die Brille auf." Ich schob die schwarzgerahmten Brillengläser zurück auf mein Gesicht und lächelte.

Er verschlang mich wie ein verhungernder Mann mit den Augen, dann zog er eine Brust aus der Spitze meines Negligés und nahm schnell meine Brustwarze in den Mund. Er saugte hart und fest daran, während er die andere Knospe mit den Fingern reizte. Meine Brustwarzen waren empfindlich, wenn sie erregt waren, und jede Berührung machte mich wild.

Mein Zentrum fühlte sich warm und feucht an. Ich zog Samson auf das Bett und nahm seinen dicken Schwanz zwischen meine Lippen. Ich genoss es, den Umfang und die Länge in meinem Mund zu fühlen, aber ich hatte den ganzen Tag auf ihn gewartet. Ich brauchte diesen Schwanz sofort.

Ich kletterte auf ihn und senkte langsam mein Zentrum auf seinen Schaft. Er stieß ein leises Stöhnen aus und es verstärkte mein brennendes Verlangen nach ihm. Als ich auf ihn herunterblickte, bewunderte ich seine feste Bauchmuskulatur und seine breite Brust.

Ich wiegte mich auf seinem riesigen Schaft hin und her und strich mit einem Finger von seinem Wangenknochen zu seinem eckigen Kiefer. Er war wunderschön. Seine blauen Augen beobachteten mich aufmerksam. Ich liebte es, eine Show für ihn zu veranstalten. Ich hob meine Arme an und strich mit meinen Händen durch mein Haar, während ich ihn ritt.

„Du bist so heiß." Er fuhr mit seinem schwieligen Daumen über meine Brustwarze und ließ einen Freudenschauer durch mich schießen. Plötzlich spannte sich mein Zentrum an, bevor mich ein fantastischer Orgasmus erbeben ließ.

Ich schrie auf und schloss meine Augen, während Samson meine Hüften packte und mich zu einem weiteren Orgasmus brachte. „Ich komme!"

„Komm für mich", sagte er mit zusammengebissenen Zähnen. Ich konnte sehen, dass er zu meinem Vergnügen seinen eigenen bevorstehenden Orgasmus hinauszögerte. „Komm wieder für mich." Er drückte sich gegen mich und wölbte seine Hüften, was mir eine weitere Welle des Glücks bescherte, als ich wieder auf seinem Schwanz kam.

Samson biss sich auf die Unterlippe und brüllte vor Lust. Ich sah zu, wie sich sein Gesicht lustvoll verzerrte. Er sah so wunderschön unter mir aus, als er kam. Ich saß auf seinem Schoß und schaute auf ihn herab.

Alles, was wir hatten, waren noch ein paar Tage. Wie sollte ich ihm dabei zusehen, wie er für immer aus meinem Leben verschwand?

KAPITEL FÜNF

Samson

KAYLA und ich waren auf dem Stützpunkt. Heute musste ich sie verlassen. Es waren unglaubliche sieben Tage gewesen. Vor einer Woche hatte ich geringe Erwartungen an die Art von Mädchen gehabt, die ich finden würde. Das Beste, auf das ich hatte hoffen können, war ein hübsches Mädchen, aber stattdessen fand ich nicht nur die schönste Frau, die ich je gesehen hatte – sie war auch klug, witzig und jemand, mit dem ich eigentlich auf lange Sicht zusammen sein wollte.

Allerdings würde es dazu wahrscheinlich nicht kommen.

Kayla klammerte sich mit Angst in ihren Augen an mich. Ich hatte mich in sie verliebt, aber ich bedauerte den Schmerz, den unsere Liebe ihr bereiten würde. Ich sah auf sie herab, während ich sie in meinen Armen hielt und versuchte, mir ihr schönes Gesicht in der Hoffnung einzuprägen, dass es die letzte Erinnerung in meinem Kopf sein würde, bevor ich starb.

Ich hob ihr Kinn mit dem Finger an und musste es ihr sagen. „Ich liebe dich, Kayla."

Ihre braunen Augen waren voller Tränen. „Ich liebe dich auch, Samson." Sie klammerte sich fester an mich. „Musst du wirklich gehen?"

Ich nickte. „Ja. Ich muss."

Sie brach in Tränen aus, nickte aber. Sie wusste, dass ich keine andere Wahl hatte.

„Ich habe Vorkehrungen getroffen, falls ..." Meine Stimme brach, als Kayla lauter schluchzte. „Für den Fall, dass ich nicht zurückkomme. Das Haus geht an dich. Es gehört alles dir."

Das ließ sie nur noch mehr weinen. „Du musst mir versprechen, dass du alles tun wirst, um zurückzukommen", flüsterte sie.

Ich hielt sie fest und streichelte ihren Kopf. „Ich verspreche es. Wirst du bei mir zu Hause wohnen und auf mich warten?"

Sie nickte, bedeckte ihren Mund mit ihrer Hand und versuchte, ihr Schluchzen zu stoppen. „Ja."

Ich küsste sanft ihre Lippen. „Wenn ich in drei Tagen nicht zurück bin, will ich, dass du das Schlimmste annimmst."

Kayla richtete sich auf und akzeptierte, dass unser Schicksal vermutlich nicht in unseren Händen lag. Ich küsste sie noch einmal, bevor ich ihr zusah, wie sie in ihr Auto stieg und davonfuhr.

Während der Mission war Kayla alles, woran ich denken konnte. Der Gedanke an sie war es, der mich überleben ließ. Ihr schönes, lächelndes Gesicht. Ich konnte es nicht erwarten, zu ihr zurückzukehren.

Drei Nächte später war ich wieder in Oceanside. Mein Herz hüpfte bei dem Anblick ihres Autos, das in meiner Einfahrt parkte. Als ich die Haustür öffnete, fühlte es sich gut an, zu Hause zu sein.

Das Licht in meinem Schlafzimmer war an. Ich fand Kayla auf meinem Bett mit ihrem Laptop, ihrer Brille und dem pinkfarbenen Negligé, das ihre Kurven betonte. Sie sah von ihrem Laptop auf. „Samson!"

Sie schob den Computer zur Seite, sprang auf, rannte zu mir und ließ sich in meine Arme fallen. „Ich hatte Angst, du würdest nicht zurückkommen. Ich hatte Angst ..." Sie konnte ihren Satz nicht beenden, als sie Freudentränen weinte.

„Ich bin hier." Ich küsste sie leidenschaftlich. Kayla hob ihre Beine und wickelte sie um mich. Ich hielt sie in meinen Armen und spürte, wie mein Schwanz von Sekunde zu Sekunde dicker wurde. Ich stieß sie gegen die Wand, ließ meine Hose fallen und schob meinen harten Schaft in ihre warme Nässe, während ich vor Vergnügen stöhnte.

Kaylas Hände packten meine Arme, als wollte sie mich nie wieder gehen lassen. Ich rammte mich in sie, als ein Träger ihres Negligés von ihrer Schulter fiel und eine Brustwarze freilegte. Ich nahm sie in meinen Mund und saugte daran, bis sie hart wurde. Kayla wimmerte vor Ekstase.

Ihr Stöhnen und ihre sexy Schreie machten mich verrückt vor Verlangen. Ich schob mich fester in sie und genoss ihren engen, nassen Kanal um meinen gewaltigen Schwanz. Kayla schrie wieder auf. „Samson!"

Sie erschauerte in meinen Armen, während ich ihren Nacken und ihre Schulter küsste. Sie fühlte sich so gut in meinen Armen an. Plötzlich spürte ich einen überwältigenden Rausch der Ekstase durch meinen Körper laufen. Ich kam heftig und stöhnte vor Freude.

Kayla schenkte mir ein sexy Lächeln. „Du bist definitiv zurück." Sie lachte, warf ihren Kopf zurück und ließ ihre blonden Haare über ihre Schultern fallen.

Als ich in ihre Augen sah, wusste ich, dass ich nie wieder so für eine Frau empfinden würde. „Kayla, ich liebe dich. Willst du mich heiraten?"

Kaylas Augen leuchteten auf. Sie bedeckte schockiert ihren Mund mit ihren Händen. „Im Ernst?"

Ich küsste sanft ihre Lippen. „Ja, im Ernst. Willst du meine Frau werden?"

Kayla rief glücklich: „Ja!" Sie schloss ihre Arme um mich und bedeckte mein Gesicht mit Küssen. „Ja! Ja! Ja!"

Ich trug Kayla zum Bett, wo ich sie fest an mich presste und mein Glück kaum fassen konnte. Ich war dem Tod entkommen und hatte die Frau meiner Träume gefunden.

Ende

Hat Dir dieses Buch gefallen? Dann wirst Du Die verbotene Babysitterin LIEBEN.

Ein Zweijähriger. Ein bester Freund mit einer jüngeren Schwester, die gerne babysitten würde. Und eine Erektion, die einfach nicht verschwinden will ...

Bei wem sucht man Rat, wenn man in Schwierigkeiten steckt?
Bei seinem besten Freund, richtig?
Und wenn dieser beste Freund einem sagt, dass seine jüngere Schwester Pädagogik studiert, dann weiß man, dass man diesen Umstand ausnutzen muss, oder?
Er hat nur eine verdammte Regel.
Dass ich seine jungfräuliche kleine Schwester nicht anrühren darf ...
Wie hart kann es schon sein, ein Versprechen zu halten, das man seinem besten Kumpel gegeben hat, wenn man dringend eine Babysitterin braucht, weil man keine Ahnung von Kindern hat?
Verdammt hart!
In dem Moment, als ich sie kennenlerne, wird alles hart. Und

ich finde bald heraus, dass es nur noch härter wird, da sie entschlossen ist, mich zu ihrem Geheimnis zu machen.
Mich!
Werde ich sie wirklich damit davonkommen lassen, das zu verheimlichen, was wir gefunden haben?

Lies Die verbotene Babysitterin JETZT!

VORSCHAU - KAPITEL 1

Lies Die verbotene Babysitterin JETZT!

Am ersten Novembertag um zehn Uhr morgens wehte ein kühler Wind durch die schöne Stadt Los Angeles. Die erste Kaltfront der Herbstsaison war da und verhieß Veränderungen.

Ich stand auf und schaute aus den deckenhohen Fenstern meines Büros im 15. Stock. In der Ferne erregten die Wellen des Pazifiks meine Aufmerksamkeit, während ich darauf wartete, dass meine persönliche Assistentin Janine Lee mich wissen ließ, wann meine Videokonferenz beginnen sollte.

Ich war CEO bei Forester Industries, einem Unternehmen, das mir von meinem Vater übertragen worden war. Er hatte es einst von seinem Vater geerbt und es von einer Millionen-Dollar-Firma in eine Milliarden-Dollar-Firma verwandelt.

War ich mit einem goldenen Löffel im Mund geboren worden?

Ja. Ich hatte nie Schwierigkeiten, Armut oder das Gefühl, hungrig ins Bett gehen zu müssen, erlebt. Ich kannte nur die

Welt der Superreichen. Eine Welt, in der man etwas verlangte und es bekam. Und zwar sehr schnell.

Vielleicht war diese sofortige Befriedigung meiner Wünsche nicht gesund für mich gewesen, weil ich in diesem Moment zum ersten Mal in meinem Leben ungeduldig wartete. Mit 30 hätte man sagen können, dass ich noch nicht einmal angefangen hatte, mein Leben zu leben, aber darauf zu warten, dass mein Traum Wirklichkeit wurde, fühlte sich wie eine Ewigkeit an.

Vor einigen Monaten hatte ich im Hakkasan, einem Nachtclub für die Superreichen in Vegas, zwei andere Milliardäre getroffen. Man konnte dort mit Leichtigkeit 150.000 Dollar in einer Nacht ausgeben. Und wir planten, einen Nachtclub zu bauen, der mit diesem vergleichbar war.

Hakkasan war die Nummer eins auf der Top-Ten-Liste der exklusivsten Nachtclubs weltweit. Die Männer, die ich in jener Nacht traf, wollten etwas noch Besseres bauen. Und zwar genau hier in L.A., der Stadt, die wir alle zufällig unser Zuhause nannten.

Wir brauchten nicht lange, um einen Platz zu finden und die Bauarbeiten am Club zu starten. Zurzeit suchten wir einen Namen dafür – daher die Konferenz, auf die ich wartete. Wir waren in einer Phase, wo der Name notwendig war, um Schilder und andere Dinge zu bestellen, die den Namen des Nachtclubs tragen würden.

Ich wandte mich vom Fenster ab, als sich meine Bürotür öffnete. Vor mir stand Janine, alle 1,50 Meter von ihr. Ihr kurzes Haar hing in schwarzen, seidigen Strähnen um ihr rundes Gesicht. Dick gerahmte Brillengläser umgaben ihre schokoladenbraunen Augen. Eine Hand war auf ihrer Hüfte, als sie den Kopf reckte. „Mr. Forester, Ihre Skype-Konferenz findet im Besprechungsraum statt. August Harlow und Nixon Slaughter sind bereit und warten auf Sie, Sir."

„Ausgezeichnet." Ich ging durch mein großes Büro und

folgte ihr zu dem Raum am Ende des Flurs. „Denken Sie, Sie können mir einen Kaffee besorgen? Etwas Herbstliches?"

„Ich bin dabei, Boss." Sie drehte sich um und machte sie auf die Suche nach dem, was ich verlangt hatte. Die Frau war unglaublich. Mit fast 40 Jahren war sie in ihrem Job erfahren und kompetent. Ich hatte das Glück gehabt, sie zu finden, als ihr alter Boss vor ein paar Jahren gestorben war.

Sie und ich stellten fest, dass wir etwas gemeinsam hatten, als wir uns zufällig in dem Bestattungsinstitut trafen, wo die Gedenkfeier ihres Chefs stattfand und die Leiche meines Vaters gerade angekommen war.

Auf dem Flur griffen wir beide nach derselben Taschentuchbox – und in diesem tragischen Moment fanden wir uns. Sie erzählte mir von ihrem Chef und davon, dass sie einen Job als persönliche Assistentin brauchte. Ich erzählte ihr, dass ich jetzt – nach dem Tod meines Vaters – CEO eines großen Unternehmens war und eine persönliche Assistentin gebrauchen konnte. Und in diesem traurigen Moment wurde eine Partnerschaft geschmiedet, mit der wir uns beide besser fühlten, nachdem wir Verluste erlitten hatten.

Meine Mutter war mehrere Jahre vor meinem Vater gestorben. Brustkrebs hat sie uns genommen. Als Einzelkind ließ mich der Tod meines Vaters völlig allein auf der Welt zurück – etwas, auf das ich alles andere als wild war.

Aber mit Janines Erscheinen zu einer Zeit, als ich mich so einsam fühlte wie nie zuvor, kam Hoffnung. Vielleicht würde die Welt nicht immer so trostlos sein. Eines Tages würde alles wieder besser werden. Eines Tages würde ich nicht mehr das einzige Mitglied der Forester-Familie sein. Jedenfalls hoffte ich das.

Nicht, dass ich nach einer Frau oder so etwas suchte. Ich war zu beschäftigt dafür. Aber sobald alles so war, wie ich es haben wollte, einschließlich des Nachtclubs, würde ich langsamer machen und Zeit finden, um mehr zu daten und Miss Right zu finden. Anstatt mich weiterhin in unverbindliche Affären zu stürzen.

Momentan hatte ich nicht einmal das. Ich war mit meiner Arbeit als CEO und dem Club-Projekt voll ausgelastet. Es gab einfach keine Zeit für etwas anderes.

Als ich in den Konferenzraum trat, blickten mir meine Geschäftspartner auf zwei der großen Bildschirme entgegen, die den Raum säumten. Bei manchen Konferenzen waren sogar alle sieben Bildschirme gleichzeitig im Einsatz. Mein Unternehmen war schließlich global aktiv.

August und Nixon begrüßten mich mit einem breiten Lächeln, als ich hereinkam und mich setzte. „Morgen, Gentlemen. Und ich benutze diese Bezeichnung im weitesten Sinne", scherzte ich.

August grinste. „Es ist also an der Zeit, dass wir unsere Streitereien hinter uns lassen und uns auf einen Namen für den Nachtclub einigen."

Nixon fuhr fort: „Ich mag immer noch den Namen Club X am liebsten."

Ich entgegnete: „Und ich habe dir schon gesagt, dass dieser Name viel zu gewöhnlich ist."

„Ja", stimmte August zu. „Aber, Gannon, du musst dir selbst noch einen Namen einfallen lassen. Du hast all unsere Vorschläge abgelehnt. Also fordere ich dich heraus, dir spontan einen Namen auszudenken. Du hast eine Minute."

„Was?" Ich schaute zwischen den Bildschirmen hin und her und sah dort zwei ernste Gesichter. „Ich bin nicht so kreativ. Ihr seid ..."

„Du verschwendest Zeit, Gannon", erinnerte mich Nixon.

Augusts gerunzelte Stirn sagte mir, dass er es ernst meinte, als er auf seine Uhr blickte. „Die Zeit läuft. 30 Sekunden, Gannon, oder wir bleiben bei Club X."

„Nein! Wartet, gebt mir noch eine Minute – ich bin furchtbar unter Druck." Ich kniff mir in den Nasenrücken, während ich versuchte, mein rationales Gehirn dazu zu bringen, kreativ zu sein.

August ließ sich nicht erweichen. „Nein, keine zusätzliche Zeit, und du hast noch zehn, neun ..."

Ein Wort tauchte in meinem Kopf auf und ich platzte damit heraus: „Swank!"

Ich betrachtete meine Partner und war schockiert zu sehen, dass sie lächelten. August nickte. „Das gefällt mir."

Nixon grinste. „Mir auch. Also ist es entschieden – Swank." Er sah August auf dem anderen Bildschirm an. „Das war ein produktives Meeting, August. Zeit, zu unseren echten Jobs zurückzukehren. Wir sprechen uns Ende der Woche wieder. Okay, ich bin raus." Der Bildschirm mit seinem Gesicht wurde schwarz.

August nickte mir zu. „Zurück an die Arbeit, Kumpel. Lass uns am Freitagabend zusammen essen und etwas trinken."

„Alles klar." Ich musste lachen, als er den Anruf beendete. Meine Freunde wussten, dass ich unter Druck am besten arbeitete, und sie waren wie immer erfahrene Manipulatoren.

Als ich aus dem Konferenzraum trat, hörte ich Janine mit einer Frau streiten: „Nein, Sie dürfen nicht nach Mr. Forester suchen, Miss!"

„Aus dem Weg, Zwergin!"

Ich ging in die Richtung, aus der ich die Stimmen hörte, und stellte fest, dass meine Assistentin ihr Bestes gab, um eine große, dünne Rothaarige mit einem kleinen Jungen an ihrer Seite aufzuhalten. Er klammerte sich an ihr Bein und seine Augen waren vor Bestürzung über das Geschrei geweitet.

Die dunkelbraunen Augen der zornigen Frau trafen meine. „Gannon Forester, da bist du ja."

„Und Sie sind ...?", fragte ich und schenkte dem Jungen ein

hoffentlich beruhigendes Lächeln. Nicht, dass ich irgendetwas über Kinder wusste. Überraschenderweise senkte er schüchtern den Kopf, blickte dann wieder auf und zeigte mir ein süßes Grinsen.

Die Frau räusperte sich ungeduldig. „Cassandra Harrington. Bestimmt erinnerst du dich an mich." Ihre dünnen Lippen verzogen sich zu einem Lächeln. „Club Acapulco auf dem Strip?"

Keine Ahnung ...

Ich hatte das Gefühl, dass ich nicht mit der Frau auf dem Flur sprechen wollte, wo so viele Leute uns hören konnten. „Würde es Ihnen etwas ausmachen, in mein Büro zu kommen, Mrs. Harrington?"

„Miss. Und dort wollte ich ohnehin mit dir reden, aber dieser kleine Troll ..."

Ich nahm sie am Arm und führte sie und den kleinen Jungen in mein Büro. Die Art, wie sie das Kind nach vorn schob, so als wäre es ein Sack Mehl, ärgerte mich aus irgendeinem Grund. Als ich die Tür hinter uns schloss, rollte ich entschuldigend die Augen in Richtung von Janine und sie zwinkerte mir gelassen zu. Ihr Ehemann war ein glücklicher Mann, und er wusste es.

Ich drehte mich wieder zu Miss Harrington um und sah zu, wie sich ihr Gesicht zu etwas verzerrte, das wie Ekel aussah, als sie den Jungen losließ und ihn von sich wegschubste. „Hör auf zu klammern. Gannon, das ist Braiden Michael Forester. Dein Sohn."

Ich erstarrte und mein Blick fiel direkt auf den kleinen Jungen. Er stand unsicher zwischen der Frau – seiner Mutter vermutlich, armer Junge – und meinem Schreibtisch, bevor er Mut fasste. Er ging um meinen riesigen Schreibtisch herum, wobei sein winziger Körper noch kleiner wirkte, und tauchte nur Momente später wieder auf, um auf meinen Bürostuhl zu klettern. Dann lehnte er sich zurück und drehte sich strampelnd im Kreis. Etwas regte sich in meinem Herzen – bis dahin wusste ich nicht einmal, dass ich ein Herz hatte.

„Gannon?", schnappte die Frau. „Hast du mich gehört?"

Ich richtete meine Aufmerksamkeit von dem Jungen wieder auf Cassandra, während er anfing, mit meinem Hefter zu spielen. Mein automatischer Instinkt war, ihn ihm abzunehmen, damit er sich nicht seine kleinen Finger daran verletzte. Was bizarr war, denn ... seit wann hatte ich automatische Instinkte, wenn es um etwas anderes als Frauen und Geschäfte ging?

Um Zeit zu gewinnen, bot ich Braiden eine Schachtel Büroklammern im Tausch gegen den elektrischen Hochleistungshefter an und mochte es, dass er überhaupt kein Theater deswegen machte, sondern nahtlos dazu überging, mit den farbenfrohen kleinen Metallklammern zu spielen.

„Gannon!", explodierte Cassandra schließlich.

Ja, er war ein wirklich nettes Kind.

Aber er war nicht von mir. Das wusste ich sicher. Ich kannte diese verrückte Schlampe nicht. „Hören Sie zu, Lady", informierte ich sie kühl und ruhig. „Ich kenne Sie nicht."

„Oh doch, das tust du." Ihr Knurren verwandelte sich in ein ebenso unangenehmes Grinsen, das ihre dünnen Lippen verzerrte. „Du und ich sind zu mir nach Hause gegangen, nachdem du vor ein paar Jahren in diesem Club zu viel getrunken hattest. Ich bin schwanger geworden und habe dich fast drei Jahre lang damit in Ruhe gelassen. Dein Sohn ist jetzt zwei Jahre alt, nur damit du es weißt. Und jetzt reicht es mir. Ich will raus. Ich bin nicht dafür gemacht, Mutter zu sein."

Als sie mir die Worte entgegenspuckte, konnte ich nicht anders, als daran zu denken, wie absolut unattraktiv sie in jeder Hinsicht war, weit über ihr hexenhaftes Äußeres hinaus. Ihre Stimme war wie Fingernägel auf einer Schiefertafel. Ich hatte den Ausdruck gehört, hatte ihn aber bis jetzt nie wirklich verstanden.

Aus irgendeinem Grund wurde die Bombe, die sie fallen gelassen hatte, durch andere Gedanken ersetzt. Vielleicht verdrängte ich es. Oder vielleicht konnte ich einfach nicht glauben, dass ich mich mit dieser Furie eingelassen hatte. Ich hatte einen Typ, wenn ich nach weiblicher Gesellschaft Ausschau hielt – einen sehr, sehr spezifischen Typ, der mehr auf Charakter als auf optischen Attributen beruhte. Gutes Aussehen war heiß, aber eine reizvolle Persönlichkeit für einen langen, angenehmen Abend zu zweit war noch besser – und sie passte nicht im Geringsten in diese Kategorie.

„Ich kenne Sie nicht", wiederholte ich. „Und er ist nicht von mir."

Cassandra bemerkte nicht einmal, dass das Kind nach einer Schere griff, oder es war ihr egal. Ich packte seine Hand und gab ihm stattdessen einen Stapel Post-its.

Sie knurrte mich an: „Es ist mir egal, ob du mir glaubst. Ich wollte dich nur wissen lassen, dass du ein Kind hast und ich das nicht mehr schaffe. Er gehört dir oder dem Jugendamt. Entscheide dich. Jetzt."

„Was?" Zum zweiten Mal an diesem Tag wurde ich zu einer sofortigen Entscheidung gezwungen, aber dieses Mal ging es um so viel mehr. „Das Jugendamt?", wiederholte ich ungläubig, aber dankbar dafür, dass der Junge keine Ahnung hatte, was er da hörte, während er sich kichernd mit klebrigen Notizzetteln dekorierte. „Was zur Hölle ist los mit dir? Er ist dein Kind!"

„Und deins", gab sie zurück. „Ich bin nicht dazu geschaffen, Mutter zu sein. Hörst du mir überhaupt zu, Gannon Forester? Ich bin es leid, mit dir zu diskutieren. Ich werde einfach den Jungen nehmen und ihn dem Jugendamt übergeben. Ich kann sehen, dass du ihm kein Vater sein wirst." Sie ging auf den Kleinen zu, der seine neu entdeckten Spielsachen fallen ließ und auf dem Stuhl zurückzuckte. Ich spürte einen Stromstoß durch mich hindurchschießen.

„Hey, warte einen Moment." Ich trat vor sie. Die Worte, die aus meinem Mund kamen, hörten sich fremd an. „Hör zu, gib mir Zeit, einen DNA-Test zu machen. Wenn er von mir ist, dann will ich ihn."

Augenblick – was habe ich gerade gesagt?

„Eine Woche. Du hast eine Woche Zeit, mehr nicht, Gannon Forester." Sie ging um mich herum, hob den Jungen hoch, dessen große Augen plötzlich mit Tränen gefüllt waren, und verließ mein Büro in solcher Eile, dass ich rennen musste, um sie einzuholen.

„Ich brauche deine Telefonnummer und Adresse." Ich nahm einen Notizblock und einen Stift von Janines Schreibtisch, während ich ihr nacheilte.

Sie blieb stehen und setzte Braiden – so hieß er, oder? – auf dem Schreibtisch ab, um sie mir aufzuschreiben. Während sie kritzelte und dabei hart genug zudrückte, damit zweifellos der ganze Notizblock in Mitleidenschaft gezogen wurde, beugte ich mich zögernd vor, um mir das Kleinkind anzusehen. Sein dunkles Haar sah meinem sehr ähnlich, aber viele Kinder waren dunkelhaarig. Und seine großen blauen Augen, in denen nicht vergossene Tränen glänzten, sahen irgendwie aus wie das, was ich jeden Tag im Spiegel sah, aber trotzdem ... das war einfach unmöglich.

„Hey, Kumpel." Ich lächelte ihn an und reichte ihm ein frisches Päckchen Post-its, die viel bunter waren als die aus meinem Büro. „Wie geht es dir?"

Braiden schniefte und lächelte schüchtern zurück. Seine kleine, pummelige Hand rieb über seine Augen, so dass mein neuentdecktes Herz sich wieder zusammenzog.

Cassandra schob den Notizblock und den Stift zurück in

meine Hände und hob Braiden wie einen Kartoffelsack hoch. „Er kann nicht reden, du Idiot. Er ist erst zwei."

Ich unterdrückte meine Wut und richtete mich auf. „Ich denke, Kleinkinder können normalerweise reden. Mom hat immer gesagt, dass sie am Ende des Tages von meinem Geplapper fast taub war."

„Nun, er ist dumm", informierte Cassandra mich, und ich musste mich beherrschen, um ihr nicht den mageren Hals umzudrehen. „Ich höre besser bis zum Ende der Woche von dir, oder dein Sohn kommt zu einer Pflegefamilie."

Mit diesen Worten verließ sie mein Büro mit meinem potenziellen Sohn, der verzweifelt über ihre Schulter blickte und eine kleine Hand nach mir ausstreckte.

∽

Brooke

Am ersten Novembertag wehte eine kühle Brise durch Los Angeles. Ich trug einen leichten Pullover über meinem T-Shirt und meiner Jeans und war bereit dafür, dass der Herbst eine Weile die Kontrolle übernahm und die Sommerhitze verdrängte.

Meine Absätze klickten über den Bürgersteig, als ich mich auf den Weg machte, um meinen Bruder Brad zum Mittagessen im Pitfire zu treffen, einer Pizzeria, die mein Bruder und ich liebten.

Ein Pfiff erregte meine Aufmerksamkeit, und ich sah mich um und bemerkte, dass Brad aus seinem brandneuen Lamborghini ausstieg, dessen feuerrote Lackierung die Aufmerksamkeit aller Passanten auf sich zog. „Hey, Angeber."

Seine Hand strich über die Motorhaube des Autos, als er

sich auf mich zubewegte. „Gefällt dir mein neuester Wagen, kleine Schwester?"

„Er ist furchtbar auffallend. Musstest du dich wirklich für Feuerrot entscheiden, Brad?" Ich verschränkte die Arme, während ich dastand und auf die Luxuskarosse starrte.

Mein Bruder war sehr reich geworden, als er direkt nach dem College bei Forester Industries angefangen hatte. Von dort aus hatte er sein eigenes Unternehmen gegründet und betreute jetzt ausländische Investmentfonds für wohlhabende Kunden.

Brad kam zu mir und ich erwiderte seine Umarmung. „Das ist nicht Feuerrot, kleine Schwester. Es heißt Rosso Mars, und dieses spezielle Modell ist ein Aventador Coupe."

„Schick." Ich küsste seine bärtige Wange. „Du trägst jetzt also einen Bart. Wie modisch progressiv von dir. Aber er braucht mehr Conditioner, er kitzelt meine Lippen."

Seine Augenbrauen hoben sich, als er grinste. „Das hat sie auch gesagt."

Ich schlug ihm auf den Arm. „Iiih! Das ist eklig!"

„Ich habe damit nichts Dreckiges gemeint, Kleine." Er hakte sich bei mir unter und führte mich in das Lokal. „Das sind deine schmutzigen Gedanken, nicht meine."

Ich verdrehte die Augen und lehnte mich an ihn. Ich würde ihm nicht sagen, dass ich ihn vermisst hatte, während ich auf dem College gewesen war, obwohl ich es getan hatte.

Nachdem wir in unserer üblichen Nische Platz genommen und eine Pizza mit Kirschtomaten und Bier bestellt hatten, unterhielten mein Bruder und ich uns. Ich hatte das letzte Jahr über in einem Studentenwohnheim in Berkeley verbracht. Mein erstes College-Jahr lag hinter mir, und ich freute mich auf meine Zukunft und das neue Semester, das vor zwei Monaten begonnen hatte.

Brad war den ganzen Sommer über weg gewesen, um im Ausland zu arbeiten, und war erst seit ein paar Wochen zurück.

Er sagte mir, er sei begierig darauf, mit mir zu reden und herauszufinden, wie mein Studium lief. „Also, wie hat dir dein erstes Jahr gefallen?"

„Ich habe es geliebt, Brad!", informierte ich ihn und aß ein paar leckere Brotscheiben mit Butter. „Mmm. Ich habe das vermisst. Ich meine, ich wusste, dass ich es lieben würde. Aber es ist sogar noch besser als gedacht. Die Dozenten, der Campus, einfach ... alles ist großartig. Und die Kurse. Sie sind alle Theorie im Moment, aber ich bin mehr denn je davon überzeugt, dass ich Kinder unterrichten möchte."

„Das überrascht mich nicht. Wie alt warst du, als du als Babysitterin angefangen hast? Drei?" Die winzigen Falten an den Seiten seines Grinsens erinnerten mich daran, dass er Anfang 30 war und damit in der Altersgruppe von Menschen, die Kinder bekamen, obwohl er selbst noch keine Frau und keine Kinder hatte.

„Nein, sieben. Ich habe Lainey Bradshaw draußen beaufsichtigt, während ihre Mutter Klavierunterricht genommen hat." Unsere Unterhaltung wurde kurz unterbrochen, als unsere Getränke kamen.

Er nickte der Kellnerin zu, während seine Augen ihren Körper streiften. „Danke." Er beugte sich vor und verschränkte seine Finger, während er seine Ellbogen auf den Tisch legte und offensichtlich versuchte, weltmännisch auszusehen. „Wie geht es dir heute Nachmittag?" Er sah auf ihr Namensschild, das strategisch über ihrer linken Brust angebracht war. „Meghan, nicht wahr?"

Oh, verdammt. Ich stöhnte und trat ihn hart unter dem Tisch.

Ihre hübschen grünen Augen leuchteten auf, als sie meinen Bruder anlächelte. „Mir geht es gut. Und dir?"

„Ziemlich gut." Er zwinkerte ihr zu. „Danke, Süße."

Mit einem Winken und geröteten Wangen verließ sie uns, während er sie beobachtete. Ich verdrehte die Augen.

„Manche Dinge ändern sich nie. Also, Brad. Ist einer deiner Freunde Vater geworden, seit ich weggegangen bin? Ich vermisse es, mit Kindern zu arbeiten, die nicht nur Lehrbuchstudien sind. Und ich will einige der Dinge ausprobieren, die ich gelernt habe."

„Keiner meiner engen Freunde hat Kinder, Brooke. Tut mir leid." Er griff in seine Tasche und zog Autoschlüssel hervor. „Ich habe eine Überraschung für dich."

„Das ist unmöglich", murmelte ich und starrte auf seine Handfläche, ohne die silbernen Schlüssel zu berühren. „Brad ..."

Brad hatte immer die besten Autos. Er hatte jedem in der Familie irgendwann eines gegeben. Brads Gebrauchtwagen waren nicht wie normale Autos. Bentleys, Mercedes, Beemers – er hatte bereits alle teuren Autos besessen, und mein großer Bruder war immer schon großzügig gewesen.

Er hielt mir die Schlüssel spielerisch vor die Nase. „Sag *bitte* ..."

„Brad", wiederholte ich, als unsere Pizza serviert wurde. Als Meghan wegschlenderte, wandte ich mich wieder meinem Bruder zu. „Sag mir, dass du das nicht getan hast."

Er legte die Schlüssel in meine Handfläche. „Du brauchst jetzt, da du zurück bist, ein Auto. Taxis sind auf Dauer zu teuer. Du bist jetzt die stolze neue Besitzerin eines kaum genutzten karpatengrauen Jaguars der F-Klasse."

Automatisch legten sich meine Finger um die Schlüssel. Trotzdem musste ich protestieren. Ich meine, wie sah es aus, wenn ein Bruder, selbst einer, der so wohlhabend war wie meiner, Hunderttausend-Dollar-Autos an mich verschenkte? Ich war kein Schmarotzer. „Das wäre wirklich nicht nötig gewesen. Ich meine es ernst, Brad. Und ich kann dir nicht einmal versprechen, es dir zurückzuzahlen, denn das würde mit dem Gehalt einer Lehrerin circa 5.000 Jahre dauern."

Er zwinkerte mir zu. „Ich werde einen Weg finden, wie du es

mir zurückzahlen kannst." Er nahm ein Stück Pizza mit extra viel Käse und machte einen riesigen Bissen.

Ein wenig benommen stand ich auf und umarmte ihn fest, bevor ich mich wieder hinsetzte. „Du bist verrückt", informierte ich ihn und griff ebenfalls nach der Pizza. „Aber danke. Wow. Danke, danke, danke. Und fange gar nicht erst mit Versicherungen und all dem Mist an. Ich werde einen Weg finden, das alles selbst zu bezahlen."

Ich hatte keine Ahnung, wie ich das tun sollte, aber ich schwor mir, es zu schaffen.

Gannon

Nur drei Tage nach dem DNA-Test hielt ich den Umschlag mit dem Ergebnis in meiner Hand.

Janine war in meinem Büro an meiner Seite, als ich das Blatt Papier herauszog, das entweder meine ganze Welt verändern oder mich befreien würde. „Bevor Sie es lesen, sagen Sie mir, worauf Sie hoffen, Mr. Forester."

Ich hatte darüber nachgedacht, seit die Schlampe innerhalb von weniger als fünf Minuten in meinem Büro aufgetaucht und wieder verschwunden war, nachdem sie mich mit ihren Neuigkeiten sprachlos gemacht hatte.

„Dass er von mir ist."

Es war nicht so, dass ich die Verantwortung für ein Kind wollte. Ganz sicher nicht. Aber Cassandra war offensichtlich eine schreckliche Mutter. Und Braiden sah wie ein nettes Kind aus. Er hatte etwas Besseres verdient. Etwas viel Besseres.

Mit einem Nicken legte Janine ihre Hand auf meine Schulter. „Dann werde ich für Sie beten, Sir."

Ich schloss die Augen und zog das Papier heraus, um es

aufzufalten. „99 Prozent." Ich blinzelte und spürte die seltsamsten Veränderungen in meinem Herzen. „Er ist von mir."

Wir verharrten einen langen Moment schweigend, während ich die Seite voller kryptischer wissenschaftlicher Informationen ausdruckslos anstarrte und ein paar fettgedruckte Worte alles überstrahlten:

Wahrscheinlichkeit der Vaterschaft: 99%

„Ich habe ein Kind", flüsterte ich.

„Glückwunsch, Daddy." Janine drückte meine Schulter. „Ich weiß, es ist nicht das, was Sie erwartet haben, aber Sie werden ein großartiger Vater sein, Mr. Forester."

Vater. Die Tatsache, dass das Wort nun auf mich zutraf, fühlte sich unwirklich an.

„Janine." Ich räusperte mich und lehnte mich auf meinem Stuhl zurück. „Holen Sie meinen Anwalt ans Telefon und lassen Sie ihn wissen, dass er mit den Sorgerechtsdokumenten fortfahren soll. Ich will sie noch heute, damit ich sie zu ihr mitnehmen kann, wenn ich meinen ... Sohn abhole."

Sohn?

„Oh Gott. Ich bin Vater ..."

Janine berührte mich erneut an der Schulter und machte sich auf den Weg zur Tür. „Ich kümmere mich gleich darum."

Als sie gegangen war, saß ich in verblüfftem Schweigen wer weiß wie lange da, bis ich mein Handy hervorholte, um einen Anruf zu machen.

„Endlich", sagte sie, sobald sie rangegangen war. „Nun? Was willst du?"

„Ich habe das Ergebnis erhalten ..."

Sie ließ mich nicht einmal ausreden. „Er ist dein Sohn."

„Ja, das ist er." Ich musste mein Handy auf den Schreibtisch legen und den Lautsprecher aktivieren. Mein Kopf schmerzte und drehte sich bei dieser Neuigkeit. Ich war gleichzeitig glücklich und panisch.

Ich habe keine Ahnung von Kindern.
„Dann komm und hol ihn ab."
Ich bin sein Vater. Und sie ist seine Mutter! Zur Hölle.
„Cassandra, wirst du ihn überhaupt nicht vermissen?", wollte ich wissen. „Wie kannst du ein Kind so behandeln? Irgendein Kind. Geschweige denn dein eigenes."

„Wann wirst du hier sein?", fragte sie, ohne mir zu antworten. „Ich mache ihn rechtzeitig fertig."

Der Schock machte mich innerlich taub. Wie auf Autopilot führte ich die schreckliche Konversation fort: „Mein Anwalt erstellt gerade Dokumente, die du unterschreiben musst. Ich will das alleinige Sorgerecht. Und ich will nicht auf ein Gerichtsverfahren warten, um es zu bekommen. Cassandra, dir ist klar, dass du deinen Sohn niemals wiedersehen wirst, wenn du diese Papiere unterschreibst, oder? Ich werde dem Jungen ein neues Leben ermöglichen. Ein Leben ohne eine Mutter, die ihn zu hassen scheint."

„Tu, was du willst. Es ist mir egal. Beeile dich und besorge diese Dokumente. Ich werde sie unterschreiben. Ich will endlich die Last loswerden, die unser verdammter One-Night-Stand mir auferlegt hat."

SCHLAMPE.

„Also gut. Ich komme, sobald mein Anwalt mir sagt, dass die Dokumente fertig sind. Bis dann." Ich beendete den Anruf und fühlte mich, als hätte ich gerade eine Unterhaltung mit dem Teufel geführt.

Die Gegensprechanlage summte. „Brad Moore ist hier, um Sie zu sehen."

So stark ihr Beschützerinstinkt für mich auch war – Brad war wahrscheinlich einer der wenigen Menschen, die Janine selbst in diesem Stadium zu mir durchließ.

Mir war immer noch schwindelig, als ich mich auf meinem Stuhl zurücklehnte. „Schicken Sie ihn bitte rein."

Als mein bester Freund die Tür zu meinem Büro öffnete, konnte er sofort erkennen, dass etwas mit mir nicht stimmte. „Was zum Teufel ist los?"

Ich schüttelte nur benommen den Kopf.

Er kam zu meinem Schreibtisch und setzte sich mir gegenüber. „Du siehst aus, als hätte eben ein Truck deinen Hund überfahren. Du hast aber keinen Hund, oder?" Die Worte drangen kaum zu mir durch. Wie zur Hölle erzählte man jemandem solche Neuigkeiten? Offensichtlich direkt.

„Ich bin Vater, Brad."

Seine blauen Augen wurden groß und seine Kinnlade fiel herunter. Er sprang auf und schlug mit den Handflächen auf den Schreibtisch. „Was redest du da?"

Ja, er nimmt es so auf, wie ich erwartet habe.

„Ich habe einen zweijährigen Sohn. Sein Name ist Braiden Michael." Ich stand auf und ging zum Minikühlschrank, um eine Flasche Bier zu holen und sie Brad zuzuwerfen. Dann nahm ich mir auch eine.

Brad sah sie nur an, ohne sie zu öffnen. „Du weißt, dass es neun Uhr morgens ist, richtig?"

Ich löste den Deckel und nickte. „Und?" Ich sah ihn ausdruckslos an.

Mit einem Achselzucken öffnete er seine Flasche und nahm einen Schluck. „Prost." Er setzte sich wieder auf seinen Stuhl und sah aus, als sei er so tief in Gedanken versunken wie ich. „Wer ist die Mutter?"

„Eine Rothaarige aus einem Club, an die ich mich nicht im Geringsten erinnern kann. Wenn die DNA die Vaterschaft nicht bestätigt hätte, würde ich es nicht glauben."

„Und nun?", fragte er. „Will sie das Sorgerecht und Geld?"

„Nicht wirklich."

Ich ging zum Sofa. Ich musste mich eine Minute hinlegen,

damit mein Körper und mein Geist sich erholen konnten. „Ich nehme ihn."

„Was?" Brad wirbelte auf dem Stuhl herum, um mich anzusehen, als ich mich auf das schwarze Lederpolster fallen ließ. „Du kannst ihn nicht einfach seiner Mutter wegnehmen, Gannon!"

Ich presste meine Stirn gegen die kalte Flasche und schüttelte den Kopf. „Sie will ihn nicht. Sie will das Kind dem Jugendamt überlassen, wenn ich es nicht nehme." Ich sah zu ihm hinüber.

Brads Gesicht war entsetzt. „Im Ernst?"

„Sie ist eine echte Schlampe, Brad. Die gemeinste Frau, die ich je getroffen habe. Und irgendwie weiß ich nicht, wie – ich weiß nicht, was vor drei Jahren in mich gefahren ist –, aber ich habe sie gefickt, ohne ein Kondom zu benutzen." Mehr Bier rann meinen Hals hinab, als ich versuchte, die Ängste zu ertränken, die in mir sprudelten. „Brad, ich brauche Hilfe. Dauerhafte Hilfe, Alter."

„Erinnerst du dich wirklich nicht daran, dass du mit dieser Frau geschlafen hast?"

„Überhaupt nicht." Ich deutete mit dem Kopf auf den Brief auf dem Schreibtisch. „Aber ich habe einen DNA-Test gemacht, und der Junge ist definitiv von mir."

Brad ging zum Schreibtisch, griff nach dem Brief und starrte ihn an, während er sprach. „Nun, zumindest hast du dich testen lassen, anstatt einfach den Worten dieser Frau zu glauben. Was jetzt?"

Ich nahm einen weiteren Schluck. „Sobald mein Anwalt anruft, um mir mitzuteilen, dass die Dokumente, die ich brauche, bereit sind, werde ich meinen Sohn abholen." Ich schloss die Augen. „Brad, was soll ich tun? Ich weiß nicht, wie man ein Kind großzieht. Ich weiß nicht, wie ich mich um ein Kind kümmern soll. Was essen Zweijährige? Was trinken sie? Was machen sie? Können sie sich selbst baden? Können sie sich anziehen? Weil ich nicht weiß, wie ich das für ihn machen soll."

„Du brauchst ein Kindermädchen, Gannon."

„Und zwar schnell", stimmte ich ihm zu. Ich setzte die Flasche an meine Lippen, stellte aber fest, dass sie leer war. „Scheiße!"

Brad streckte die Hand aus und nahm mir die Flasche weg. „Väter trinken nicht tagsüber. Jedenfalls glaube ich das. Nicht am ersten Tag, an dem sie ihr Kind treffen."

„Ich habe ihn schon getroffen", informierte ich ihn. „Vor ein paar Tagen. Sie hat ihn wie einen Hund behandelt. Er war ein wirklich netter kleiner Junge, Brad. Ruhig. Brav. Freundlich. Keine Wutanfälle oder so. Aber ... damals war er nicht mein Sohn. Oh, und er kann nicht reden, sagt sie. Können Zweijährige nicht brabbeln oder so?"

Er zuckte mit den Schultern. „Keine Ahnung, Mann. Überhaupt keine. Aber wenn du mir etwas versprichst, denke ich, dass ich dir helfen kann."

Ich öffnete ein Auge und beobachtete, wie er seinen Stuhl hochhob und sich neben mich setzte. „Ja? Wie?"

„Du musst dieses Versprechen halten, Gannon. Es ist mir ernst. Todernst."

„Was auch immer du willst." Ich setzte mich auf und rieb mir den Nacken. „Was muss ich versprechen?"

Seine hellblonden Brauen zogen sich zusammen. „Erinnerst du dich an meine kleine Schwester?"

Ich kannte sie aus seinen Erzählungen, obwohl wir uns nie begegnet waren. „Ja?"

„Sie ist in ihrem zweiten Jahr am College und hat sich auf frühkindliche Entwicklung spezialisiert. Gerade hat sie mich nach möglichen Jobs gefragt, die sie annehmen könnte, um die Rechnungen zu bezahlen und all das anzuwenden, was sie im

Studium gelernt hat. Sie würde die Chance, sich um dieses Kind zu kümmern, nur zu gern ergreifen."

Meine Augen blitzten. „Brad, das wäre fantastisch ..."

„Moment, Gannon." Er beugte sich vor und blinzelte. „Wenn ich das für dich tue, will ich nicht, dass du Brooke auch nur ein Haar krümmst."

Ich fing an zu protestieren, aber er unterbrach mich. „Sonst muss ich dir dein verdammtes Herz herausreißen." Er schlug einmal mit der Faust gegen meine Brust. „Und ich werde das verdammte Ding verschlingen. Hörst du mich, Kumpel?"

„Ich soll deine kleine Schwester in Ruhe lassen." Das würde mehr als leicht sein. „Verstanden!"

„Sprich mir nach und wir haben einen Deal. Oh, und du musst sie auch gut bezahlen. Das sollte selbstverständlich sein, Alter." Er schlug erneut auf meine Brust.

„Beruhige dich, Brad. Ich habe dich verstanden. Sag mir diese magischen Worte, die ich wiederholen soll, damit du mir glaubst, dass ich deine kleine Schwester niemals anfassen werde."

„Ich, Gannon Forester, schwöre feierlich, niemals die kleine Schwester meines besten Freundes – seinen Augapfel und das süßeste und unschuldigste Mädchen auf dem Planeten – anzuflirten, anzurühren oder anderweitig sexuell zu belästigen."

Wer ist dieses Mädchen?

Alles, was ich tun konnte, war zu nicken, als ich seine Worte wiederholte, um unsere Abmachung zu besiegeln und mir die Babysitterin zu holen, die ich brauchte. „Und kann sie auch bei uns einziehen? Ich brauche sie rund um die Uhr."

„Ich werde mit ihr darüber sprechen, aber ich schätze, das wird in Ordnung sein. So kann sie Geld sparen."

Ich sackte fast vor Erleichterung zusammen. Ich hatte jetzt ein Kind und eine Babysitterin dazu. Vielleicht würde doch noch alles gut werden.

Brooke

Nur drei Tage zuvor hatte ich meinem großen Bruder gesagt, dass ich einen Babysitter-Job suchte, und schon hatte er etwas für mich. „Du wirst dort wohnen. Es ist ein Vollzeitjob, Brooke. Der kleine Junge ist zwei und sein Vater hat keine Ahnung, was er mit einem Kind anfangen soll. Er wurde völlig davon überrascht. Du musst dich komplett um den kleinen Jungen kümmern. Ist das etwas, von dem du denkst, dass du damit umgehen kannst?"

Ich saß auf dem Bett in meinem Wohnheimzimmer und kaute auf meiner Unterlippe. „Was ist mit meinem Studium?"

„Du hast gesagt, dass die meisten deiner Kurse in diesem Semester online sein werden", erinnerte er mich. „Und dadurch, dass du dort wohnst, sparst du Geld für Unterkunft und Verpflegung, da du mich ja nicht dafür bezahlen lässt. Er wird dich gut genug entlohnen, dass du schuldenfrei deinen Abschluss machen kannst, Brooke."

„Wow." Ich nickte langsam. Das klang alles fast zu gut, um wahr zu sein.

„Der Vater wird ohnehin kaum jemals dort sein", fuhr er fort. „Er ist jetzt schon fast nie zu Hause. Meistens wirst du mit dem Kind und dem Hauspersonal allein sein." Er blickte zurück auf das Bett meiner abwesenden Mitbewohnerin und setzte sich darauf, nachdem er die Decke hochgezogen hatte, um die durchwühlten Laken zu verbergen.

„Und welcher deiner Freunde ist das, Brad?"

Eine Hand strich über seinen Bart, als er zur Seite schaute und versuchte lässig auszusehen. „Gannon Forester, der Mann, der mir meinen ersten Job gegeben hat."

Meine Augen weiteten sich. Gannon war nicht nur der

Schlimmste der Bad Boys, mit denen mein älterer Bruder zu tun hatte, sondern war auch Milliardär. Und ich wusste, das bedeutete, dass er bekam, was auch immer er wollte. „Er?"

Brad nickte nur, als er seine Augen von meinen nahm, um sich in dem kleinen Raum umzusehen. „Du könntest dich von diesem Rattenloch verabschieden. Das allein wäre schon ein Segen."

Ich hatte Mr. Forester nie wirklich getroffen. Aber ich hatte mitbekommen, wie Brad Geschichten darüber erzählte, dass er ein Frauenheld war. Konnte ich mit so einem Mann umgehen? „Äh, er ist dafür bekannt, viele Affären zu haben, richtig?"

Brads blaue Augen richteten sich auf meine. „Keine Sorge, Brooke. Ich habe dem Mann gesagt, dass er dich in Ruhe zu lassen hat. Er hat mir feierlich geschworen, dass er dir niemals etwas antun würde. Nicht einmal ein Flirt. Wenn er sich nicht daran hält, lass es mich wissen und ich werde ihm in den Hintern treten."

Es war nicht so, dass ich etwas gegen Flirten hatte. Ich war nur ... schüchtern. Und völlig unerfahren. Und wenn ich dort wohnen würde, musste ich natürlich wissen, dass ich in Sicherheit wäre. „Und dieses arme Kind ... Seine Mutter wollte es einfach dem Jugendamt übergeben? Das ist so schrecklich." Mein Herz schmerzte bei dem Gedanken.

„Ja", Brad stand auf und sah in meinen Schrank. „Ist das alles, was du hier hast?"

„Das ist alles. Und dieser Job soll heute beginnen?" Ich schob meine Füße in meine Turnschuhe und beugte mich vor, um sie zuzubinden.

„Genau. Ich denke, du solltest mitkommen, um ihn und sein Kind zu treffen, bevor du die Entscheidung fällst." Er drehte sich zu mir um. „Wenn du denkst, dass du den Job willst, können wir hierher zurückkommen und deine Sachen holen. Du kannst sie aber auch hierlassen und ich werde für den Rest des Semesters für das Zimmer bezahlen, falls du dich jemals entscheiden solltest, hierher zurückzukehren."

Ich ließ meinen Bruder nie für mich bezahlen, aber er hatte nicht unrecht. Und ich hatte definitiv Probleme, über die Runden zu kommen. „Er ist ungefähr in deinem Alter, richtig?" Ich stand vom Bett auf und folgte meinem Bruder aus meinem Zimmer nach draußen.

„Ja, er ist 30. Er ist ein Jahrzehnt älter als du. Du wirst ihn bestimmt nicht attraktiv finden." Er blieb stehen, packte mich am Arm und sah mir in die Augen. „Richtig?"

„Natürlich. Ich stehe nicht auf alte Kerle, Brad." Vielleicht war es altmodisch, aber mit Anfang 20 war ich noch Jungfrau. Meine Erfahrungen bestanden aus ein paar Küssen und ein wenig Herumfummeln. Ich wartete immer noch auf den richtigen Mann für mehr.

Ungefähr eine Stunde später hielten wie vor der weitläufigen Villa, in der Mr. Forester wohnte.

„Wow, Brad. Das ist größer als dein Haus in Malibu." Ich konnte nicht glauben, wie schön es hier war. Ich liebte den rustikalen Stil. Das Haus sah aus wie eine riesige Blockhütte mit einer überdachten Veranda auf der Vorderseite. Hohe Kiefern säumten die Asphaltstraße. Das üppige grüne Gras war gut gepflegt und ließ das Anwesen fast unecht aussehen.

„Ja, Gannon mag sein kleines Stück Wildnis hier draußen." Wir waren nicht wirklich in der Wildnis – nur in den Hollywood Hills.

An der Tür trafen wir den Butler, der sich mir als Ashe vorstellte.

„Wer hat heutzutage einen Butler?", zischte ich Brad zu, als wir durch ein schwindelerregendes Labyrinth von Räumen gingen, bis wir auf einen stießen, aus dem Cartoon-Geräusche kamen.

Er zuckte nur mit den Schultern.

Ashe lächelte mich an. „Mr. Gannon ist mit seinem neuen Sohn da drin."

Mit einem Nicken verließ er uns. Mein Bruder öffnete die Tür. „Hier ist sie, Gannon."

Der Rücken des Mannes, für den ich bald arbeiten würde, war alles, was ich sah. Er hatte dunkles Haar, das kurz und ordentlich gehalten war, und als er sich umdrehte und aufstand, legten sich seine dunkelblauen Augen auf mich.

„Brooke, es ist mir eine Freude, dich kennenzulernen." Er kam auf mich zu, und ein kleiner Junge mit riesigen blauen Augen und einem tränenüberströmten Gesicht sprang sofort von der Couch auf und hastete neben ihn, um einen pummeligen Arm um die langen Beine des Mannes zu schieben. Es war offensichtlich, dass der arme kleine Kerl verwirrt war, weil er seine Mutter verloren hatte, nur um am selben Tag einen Fremden als Vater zu gewinnen. Er wirkte furchtbar ängstlich.

„Hallo, Mr. Forester", begrüßte ich ihn und lächelte dann das Kleinkind an. „Hallo."

Den Daumen fest im Mund, wagte der Junge ein kleines Lächeln.

„Bitte, nenn mich Gannon. Und das ist mein ... Sohn, Braiden."

„Hey, Braiden." Brad beugte sich vor und streckte die Hand aus. „Ich bin dein Onkel Brad. Es ist schön, dich kennenzulernen." Mein Bruder nahm die Hand des kleinen Jungen und schüttelte sie, bis das Kind kicherte, bevor es seine Hand wieder zurückzog.

Sein Kichern war genauso bezaubernd wie er.

Sein Vater lachte auf eine Art und Weise, die absolut liebenswert war. Seine Stimme war tief und heiser, und es war verdammt sexy.

Ich war mir nicht sicher, was mit mir los war. Ich dachte

sonst nie so. Ich fand ältere Männer nicht attraktiv. Was passierte hier?

Sicher, Gannon Forester war groß. Knapp 1,90 Meter oder so. Sicher, er hatte breite Schultern und der Rest seines Torsos verjüngte sich elegant zu einer Taille, die nicht wirklich dünn war, aber schmaler als seine breite Brust. Seine langen Beine, die in Jeans steckten und ziemlich gutaussehende muskulöse Oberschenkel zu bieten hatten, ließen mich schlucken. Der Mann war ein Meisterwerk in seinem weißen T-Shirt und der ausgeblichenen Jeans. Und er war barfuß.

Sogar seine Füße sind wunderschön.

Plötzlich wurde mir klar, dass ich den Mann bis hin zu seinen nackten Füßen gemustert hatte. Ich zuckte zurück und deutete auf das Sofa, von dem die beiden gekommen waren. „Sollen wir das Arrangement besprechen?" Jemand musste bei diesem Bewerbungsgespräch die Führung übernehmen, und das konnte genauso gut ich sein.

„Natürlich", kam es von Gannons gemeißelten Lippen. Ja, sogar seine Lippen sahen aus, als wären sie aus Marmor gemacht. Seine Gesichtszüge waren scharf, aber weich um seine wunderschönen Augen herum. Blaue Augen, die von dichten, dunklen, üppigen Wimpern umgeben waren. Jedes Mädchen wäre dafür gestorben, solche Wimpern zu haben. Wimpern, die der kleine Junge auch hatte, bemerkte ich nach einem weiteren Blick. Der Junge löste sich schließlich von Gannons Bein und wanderte zurück zur Couch, wo ein zerfleddertes Kinderbuch und ein Trinkbecher lagen.

„Du und dein Sohn seid fast identisch", sagte ich. „Er wird eines Tages den Frauen reihenweise die Herzen brechen." Dann spürte ich Gannons Augen auf meinen. Die geringste Andeutung eines sexy Lächelns war auf seinen Lippen. Mir wurde bewusst, was ich gerade gesagt hatte. Ahhh ... Mist ...

Ich schaute weg und fühlte mich schüchtern, als Gannon

mit mir über den Job sprach. „Ich bezahle dir, was immer du willst. Du wirst ein Zimmer bekommen, das an das Zimmer grenzt, das ich für Braiden eingerichtet habe. Es ist direkt gegenüber von meinem."

Mein Bruder unterbrach ihn. „Ein bisschen zu nah, meinst du nicht, Gannon?"

Gannons blaue Augen huschten über mich, als sie sich den helleren Augen meines Bruders zuwandten. „Es ist für den Jungen, Brad. Ich möchte, dass er sich sicher fühlt. Nach allem, was er durchgemacht hat, möchte ich, dass er sich sicher, geborgen und geliebt fühlt."

Als mein Bruder schnaubte, ergriff ich sofort Partei für den Mann und machte mich an seine Verteidigung, „Brad! Sei nicht so. Es ist egal, was er in all den Jahren getan hat. Er ist jetzt Vater. Er denkt nur an seinen kleinen Jungen."

„Tut mir leid, Schwesterchen." Brad sah immer noch misstrauisch aus. „Du hast recht. Sorry, Gannon."

Gannon lachte leise. „Wow. Du hast da eine echte Tigerin, Brad. Eine, die ich gern über meinen kleinen Jungen wachen lassen würde." Seine Augen fielen wieder auf mich. „Bitte sag mir, dass du den Job annehmen wirst. Ich meine es total ernst, wenn ich sage, dass du mir jeden Preis für deine Hilfe nennen kannst. Ich habe keine Ahnung, wieviel Babysitter verdienen, aber ich möchte, dass du das bestbezahlte Kindermädchen aller Zeiten bist."

„Ich muss dienstags und donnerstags den Vormittag bis elf Uhr freihaben", sagte ich für den Fall, dass Brad es ihm noch nicht gesagt hatte. „Ich habe an diesen Tagen Unterricht und kann erst danach wieder hierher zurückkommen. Ist das ein Problem?" Ich kaute auf meiner Unterlippe herum und hoffte nervös, dass mich mein Stundenplan nicht diese einmalige Gelegenheit kosten würde.

„Überhaupt nicht", kam seine schnelle Antwort. „Ich werde

meine Arbeit daran anpassen und an diesen Tagen etwas später losgehen. Sonst noch etwas, das ich wissen muss? Oh, und du wirst auch ein Auto haben. Du kannst damit zum College fahren und wohin auch immer du sonst noch willst."

„Ich habe das Auto, das mir mein Bruder vor ein paar Tagen gegeben hat. Ich brauche dein Auto nicht. Und ich brauche auch nicht Unmengen von Geld. 500 Dollar pro Woche sind fair, da du mir auch Unterkunft und Verpflegung zur Verfügung stellst."

Gannon schüttelte den Kopf. „Nein. Nicht nur 500. Ich sage dir etwas – wie wäre es mit 1.000 Dollar pro Woche und du lässt mich deinen Studienkredit abbezahlen und den Rest deiner College-Gebühren übernehmen? Es ist nur fair dir gegenüber. Du bist schließlich auf dem College, um zu lernen, wie man sich um Kinder kümmert. Ich will dir dabei helfen."

Mein Bruder antwortete für mich, als er aufsprang: „Deal!"

Ich schaute zwischen einem gutaussehenden Vater, einem entzückenden Sohn und meinem strahlenden Bruder hin und her. Mir war schwindelig vor Glück. Meine finanzielle Lage und die Zukunft sahen plötzlich außerordentlich vielversprechend aus.

Gannon

Nachdem Brad und Brooke gegangen waren, um ihre Sachen zu holen, warteten Braiden und ich darauf, dass sie zurückkehrte, und sahen uns weiterhin Cartoons an. Er bat mich, ihm sein Buch zwischen den Episoden vorzulesen, und lächelte mich dabei so hoffnungsvoll an, dass ich mich seltsam warm und weich fühlte.

Ist es wirklich so, Vater zu sein?

Von seinen früheren Tränen und der völligen Umwälzung

seines Lebens erschöpft, schlief Braiden schließlich auf dem Sofa ein, so dass ich meine Gedanken zu der jungen Dame wandern ließ, die unter meinem Dach leben würde. Von dem Moment an, als ich sie gesehen hatte, wusste ich, dass es nicht leicht für mich werden würde.

Warum konnte sie nicht eine weibliche Version von Brad sein?

So hatte ich sie mir vorgestellt, als er gesagt hatte, dass er eine Schwester hätte, die diesen Babysitter-Job übernehmen könnte.

Sie hatte seine grundlegendsten Merkmale – blonde Haare und blaue Augen. Aber damit endeten die Ähnlichkeiten. Ihre langen Haare hatten goldene Strähnen, die das Licht einfingen. Das Blau in ihren Augen war wie funkelndes Quellwasser. Ihre rosigen Wangen waren voll und rund, genau wie ihre erdbeerroten Lippen.

Ich wusste, ich sollte mir nicht erlauben, so über sie zu denken. Ich wusste, dass Brad in kürzester Zeit mein Herz in seiner Faust halten würde, wenn ich diesen kleinen Fetisch nicht unter Kontrolle bekam.

Sie ist die kleine Schwester deines besten Freundes, Gannon Forester. Und die Babysitterin deines Sohnes. Lass die Finger von ihr!

Also saß ich da und starrte ausdruckslos auf die Cartoon-Katze, die die Maus auf dem großen Fernseher verfolgte, auf dem normalerweise anstelle von animierten Charakteren Sport lief.

Langsam kehrte Brooke in mein Gehirn zurück. Ich sah alles von ihr vor mir – ihre süße, kurvige Figur. Sie reichte mir bis zur Schulter. Ich konnte mir vorstellen, das schöne Mädchen im Arm zu halten. Ihre Brüste waren groß, ihre Hüften rund und ihr Hintern ... oh, Himmel, ihr Hintern!

Braiden murmelte etwas im Schlaf und riss mich aus meinen

Träumereien. Ich erwischte ihn, bevor er von der Couch fiel. „Ganz ruhig, Kumpel", murmelte ich, hob ihn hoch und begab mich in den Raum, den ich zu seinem Kinderzimmer gemacht hatte. Ich hatte Janine losgeschickt, um die grundlegendsten Sachen zu holen, wie etwa ein Kinderbett und ein paar Spielsachen, aber Brooke würde mir dabei helfen müssen, den Raum zu dekorieren.

Als ich meinen Sohn sanft zudeckte und zögerlich seine Stirn berührte, kam mir Brooke wieder in den Sinn. Ich machte das Nachtlicht an und schlüpfte aus dem Raum, ließ aber die Tür angelehnt für den Fall, dass er wieder weinte.

Mein Schwanz pulsierte, als ich ein paar Türen hinunter zu meinem eigenen Zimmer ging. Ich streckte mich auf dem Bett aus, griff nach meiner Erektion und befreite sie.

Ich machte schon wieder alles kaputt, und ich wusste es.

Ich sollte Brad anrufen und ihm sagen, dass ich mein Versprechen nicht halten kann.

Aber ich wollte das nicht tun. Braiden brauchte sie. Und ich konnte mir erlauben, sexuelle Fantasien über das Mädchen zu haben, oder? Was würde es schon schaden, solange es keine tatsächlichen Berührungen gab?

Meine Augen schlossen sich, als ich an ihre süßen Lippen dachte, und ich fiel kopfüber in eine sexuelle Fantasie über die schöne Frau, die zu meinem Sohn und mir in mein Haus ziehen wollte.

Brooke und ich waren uns bereits ganz nah und unsere Kleidung war in alle Richtungen verstreut.

Ich stand über ihr und sah auf ihren blonden Kopf herab, als sie meinen steifen Schwanz in sich aufnahm und ihren Kopf eifrig auf und ab bewegte. Ihr sanftes Stöhnen vibrierte über meinen Schaft und ich stöhnte vor Verlangen.

Als ich es nicht mehr aushalten konnte, hob ich sie hoch, schob sie an die Wand und fing ihre Lippen in einem brennenden Kuss ein, als ihre Hüften sich um mich legten. „Willst du mich, Baby?", flüsterte ich und streichelte ihren geschmeidigen, schlanken Körper.

„Bitte, Gannon ...", stöhnte sie, als ich mich in sie schob, fest zustieß und ihre tiefsten Tiefen erreichte. „Ahhh ... Baby ..." Ihr Stöhnen machte mich wahnsinnig und ihr heißer Atem kitzelte mein Ohr.

„Du bist eng, Liebling. So eng", seufzte ich, umfasste ihren Hintern und glitt noch tiefer in sie hinein. „Ich tue dir nicht weh, oder?"

„Nein." Sie küsste mich leidenschaftlich, ihre Arme umschlangen meinen Hals und ihre prächtigen Brüste drückten sich gegen meinen Oberkörper. „Fick mich, Gannon. Hart."

Also tat ich es und nahm sie härter, bis sie schauerte und in Ekstase schrie, als ihr Kopf zurückfiel. Ich biss sanft in ihre Kehle, kam selbst hart und füllte sie mit meinem Samen.

„Ahhhh, Brooke", stöhnte ich wieder und wieder und hielt sie fest an mich gepresst, während meine Hüften zuckten. „Baby. Ja ..."

Ihre Hände bewegten sich durch mein Haar und als sie versuchte, zu Atem zu kommen, war nur ein Wort auf ihren süßen Lippen. „Fuck."

Fuck, ja, das süße kleine Ding würde fluchen, obwohl ich sicher war, dass das Wort niemals außerhalb unseres Schlafzimmers ihre Lippen verlassen würde. Sie würde eine Heilige vor anderen sein und ihre wilde sexuelle Seite nur mir zeigen.

Ich starrte an die Decke und kam langsam in die Realität zurück, als mein Handy klingelte. „Gannon", sagte ich, ohne zu sehen, wer anrief.

„Hi, Mr. For... ähm Gannon."

Ich zuckte bei einem weiteren Ansturm unerwarteten Vergnügens zusammen, als ich ihre süße Stimme hörte. „Hi, Brooke. Alles in Ordnung?"

„Ja, alles in Ordnung. Du hörst dich so müde an. Bringt Braiden dich schon an den Rand der Erschöpfung?"

Ich schnappte mir ein Kissen und dämpfte damit mein

hungriges Stöhnen. Das Verlangen stieg schon wieder in mir auf, weil ihre süße, unschuldige Stimme so sexy klang. „Ja, er ist ein kleiner Wirbelwind. Wir haben, äh, Fangen gespielt."

„Ich wollte nur anrufen, bevor ich die Innenstadt verlasse. Brauchst du irgendetwas für Braiden? Ich meine, hat er Milch und Windeln oder was auch immer er trägt?"

Wie verdammt süß ist sie?

„Oh, das ist eine großartige Idee. Ich weiß, dass wir Milch haben. Ähm, ich weiß nichts über Windeln. Seine Mutter hat mir nur ihn gegeben, sonst nichts. Ich habe heute meine persönliche Shopping-Assistentin Kleidung für ihn bringen lassen. Weißt du, ob er eine Windel anhat?"

Sie kicherte. „Mr. For... Gannon, hast du nicht einmal nachgesehen ob er Unterwäsche oder eine Windel anhat?"

Ich stand auf und brachte meine Kleidung in Ordnung. „Nein. Wie mache ich das?"

„Zieh einfach die Rückseite seiner Shorts hoch und sieh nach, ob er Unterwäsche oder eine Windel trägt."

„Oh ja. Ich habe einen weißen, dicken Stoff gesehen, als wir herumgerannt sind. Ist das eine Windel?"

„Vielleicht. Okay, ich besorge ein paar Sachen. Ich nehme an, du weißt nicht, ob er nachts ein Fläschchen braucht, oder? Um ihm beim Einschlafen zu helfen", fügte sie hinzu, bevor ich nach dem Grund dafür fragen konnte.

„Er hat eben keins zum Einschlafen gebraucht", bemerkte ich. „Vielleicht ist das gar nicht nötig."

„Eben?", fragte sie verwirrt. „Ich dachte, ihr spielt gerade miteinander. Deshalb bist du außer Atem, oder?"

Scheiße...

„Ja. Ähm, nun, ich habe ihm gesagt, dass er sich hinsetzen und Cartoons anschauen soll, und er hat es getan und ist eingeschlafen."

„Hmmm ... Ich denke, das ergibt Sinn. Der arme kleine Kerl

ist nach allem, was geschehen ist, erschöpft. Ich kaufe kurz ein und komme dann zurück. Brad hat mir geholfen, meine Sachen in mein Auto zu packen."

„Okay. Wir sehen uns bald, Brooke." Ich beendete den Anruf, dann schlug ich mit dem Kopf gegen die Wand und starrte auf den unübersehbaren Beweis meiner Begierde nach meinem neuen Kindermädchen. „Oh, verdammt."

Dann schluchzte eine leise Stimme auf der anderen Seite des Flurs und ich war gezwungen, mich zusammenzureißen, eine saubere Hose anzuziehen und meinen kleinen, verängstigten Sohn zu trösten. Ich tätschelte ihm den Rücken und sang ihm etwas vor, ohne wirklich zu wissen, was ich tat, aber ich gab mein Bestes. Das war, was zählte, oder? Dass ich es zumindest versuchte.

Lies Die verbotene Babysitterin JETZT!

DER JUNGFRAUENSCHLEIER BUCH ZWEI
EIN MASKIERTER GENUSS EXTRA

KAPITEL EINS

Gannon

Ein lauter Schrei weckte mich mitten in der Nacht.

Erst als ich aufrecht im Bett saß, wurde mir klar, dass ich geschrien hatte.

Ich schüttelte den Kopf, um wieder klar bei Verstand zu werden, schloss meinen Mund und schaute auf Brookes Seite des Bettes. Sie war noch immer leer. Ich war noch immer allein.

Drei Wochen waren seit Brookes Autounfall vergangen. Drei höllisch lange Wochen.

Die Kinder und ich hatten in einer furchtbaren Julinacht unsere Matriarchin verloren. Brookes Wagen war von einem Truck gerammt worden, direkt in die Fahrertür. Die Airbags wurden zwar ausgelöst, doch der Aufprall war zu stark. Sie erlitt ein Schädel-Hirn-Trauma. Sie hat ihre Erinnerung an unsere Kinder und mich verloren.

Ich fahre mit der Hand über die leere Seite des Bettes, die Seite, die Brooke die letzten Jahre belegt hatte. Bei dem Gedanken, dass ich sie vielleicht nie wieder zurückbekomme, bricht mir fast das Herz.

Als Brooke das Bewusstsein wiedererlangt hatte, dachte sie, sie sei noch immer in der Highschool. Sie erinnerte sich an ihre Familie, aber nicht an mich und nicht an unsere Kinder. Ich habe alles versucht, damit sie sich wieder erinnert, doch sie bekam Angst vor mir.

Ich hatte gehört, als sie ihren Bruder gefragt hat, wer der ältere Mann sei. Sie meinte mich und es brach mir das Herz.

Würde sie mich je wieder so ansehen wie vor dem Unfall?

Um vier Uhr morgens stand ich auf. Ich konnte noch nie nach einem Albtraum wieder einschlafen. Warum sollte ich dann noch zwei Stunden herumliegen?

Nach einer Dusche und ein Rasur zog ich mich an und verabschiedete mich mit einem Kuss von meinen Kindern. Um sie nicht zu wecken, küsste ich sie nur ganz leicht auf die Stirn und machte mich dann auf den Weg zur Arbeit.

Da Brooke nicht in der Lage war, sich um die Kinder zu kümmern, hatte ich eine Nanny eingestellt. Ich hatte Schuldgefühle wegen dem, was unsere Kinder durchmachen mussten. Unsere Jüngste, die sechs Monate alte Gwen war unruhig geworden und vermisste ihre Mama. Grady war dreieinhalb Jahre alt und fragte jeden Tag nach seiner Mama. Braiden mit seinen sechs Jahren wusste wo seine Mama war und war mir – wie immer – mit den jüngeren Kindern eine große Hilfe.

Ich schickte Brooke eine Nachricht, so wie ich es jeden Tag einige Male tat. — **Ich hoffe, du hast einen großartigen Tag. Ich vermisse dich mehr, als du verstehen kannst. Ich liebe dich, Gannon.** —

Brooke antwortete nicht immer und sie nahm auch nur selten einen Anruf von mir entgegen. Sie hatte Angst vor mir. Sie glaubte einfach niemandem, der ihr erzählte, dass sie verheiratet war und Kinder hatte. Ihr Gehirn konnte diese Information nicht verarbeiten.

Die Ärzte sagten uns, dass ihre Erinnerung durchaus zurückkommen könnte. Ihr Gehirn könnte heilen, es handelte sich nicht um bleibende Schäden, nur um eine Hirnquetschung, das war alles.

Aber mittlerweile waren drei Wochen vergangen und nichts hatte sich gebessert. Langsam verlor ich die Hoffnung.

Mein Handy leuchtete auf, also fuhr ich rechts ran, um die Nachricht lesen zu können. Mir klopfte das Herz bis zum Hals, Brooke hatte geantwortet. — **Ich habe vor einer Weile von dir geträumt. Ich war in einem Krankenhaus und völlig fertig. Ich habe nichts gehört und nichts gesehen. Dann hast du meine Hand berührt und ich bin aufgewacht.** —

Das war's. Mehr schrieb sie nicht.

Ich tippte: — **Das ist wirklich geschehen. Das war, nachdem du unseren Sohn Grady bekommen hast.** —

Sie erlebte echte Erinnerungen und mein Adrenalinspiegel schoss in den Himmel. Ich drehte um und fuhr wieder nach Hause. Ich musste zu ihr. Ich würde die Kinder einpacken und zu ihren Eltern ins Napa Valley fahren.

Wenn sie anfing, sich an mich zu erinnern, wollte ich vor Ort sein und ihrer Erinnerung noch ein bisschen stärker auf die Sprünge helfen.

Ich erhielt noch eine Nachricht von ihr: — **Habe ich daher diese hässliche Narbe auf dem Bauch?** —

Ich hielt erneut an, um zu antworten: — **Ja, daher stammt die Narbe auf deinem Bauch. Sie ist wunderschön, Schatz.** —

Ich wartete einen Moment und bekam eine Antwort: — **Sie ist hässlich, und nenn mich nicht Schatz.** —

Nicht ganz das, was ich hören wollte, aber immerhin redete sie mit mir. In den vergangenen drei Wochen hatte sie nicht besonders viel mit mir geredet. Ich antwortete: — **Tut mir leid.**

Vielleicht solltest du noch etwas schlafen. Vielleicht träumst du noch mehr von mir. —

Sie antwortete sofort: — **Es gefällt mir nicht, von dir zu träumen, das ist komisch.** —

— Hat der Traum irgendwelche Gefühle in dir ausgelöst? —, fragte ich.

Sie antwortete mit nur einem Wort: — **Einsamkeit.** —

Ich fuhr wieder los und eilte nach Hause. Ich musste zu ihr. Ich musste in ihrer Nähe sein. Wenn sie sich einsam fühlte, musste es daran liegen, dass sie mich vermisste und wahrscheinlich auch die Kinder.

Brooke hatte Kinder immer schon geliebt. Es erschütterte mich bis ins Mark, als sie unsere eigenen ansah, als seien sie kleine, furchteinflößende Kreaturen. Wie war es möglich, dass sie die Kinder, die sie selbst auf die Welt gebracht hatte, nicht einmal mochte, wenn sie doch alle Kinder gern hatte?

Wir mussten jetzt bei ihr sein. Ihr Gehirn musste heilen und wenn wir bei ihr sein würden, würden auch ihre Erinnerungen zurückkommen. Und schließlich, würde auch sie wieder zu uns zurückkommen.

Ich stellte meinen Wagen in der Garage ab und ging ins Haus, um unsere Sachen zu packen. Ich wollte mich so schnell wie möglich auf den Weg machen.

Nachdem ich der Nanny meinen Plan erzählt hatte, sagte ich ihr, dass sie sich die Zeit frei nehmen könnte, in der wir nicht da waren. Daraufhin packte sie die Sachen der Kinder zusammen, während ich meine eigenen Sachen packte.

Eine Stunde später half sie mir dabei, die Kinder sicher in den Suburban zu setzen und dann fuhren die Kinder und ich los. Alle drei schliefen sofort wieder ein, die Sonne war noch nicht aufgegangen.

Es fiel mir schwer, meine Hoffnungen nicht zu hoch zu

hängen. Ich wollte meine Frau so sehr zurück, dass es mir schwerfiel, überhaupt an etwas anderes zu denken.

Bald läge sie wieder in meinen Armen, in unserem Zuhause, in unserem Bett.

Ich musste darauf vertrauen, dass wir bald die Frau zurückbekommen würden, die der Kitt unserer Familie war.

Sie musste sich einfach an uns erinnern!

KAPITEL ZWEI

Brooke

ALS ICH AUFWACHTE, hörte ich Kinder, die lachten und mit meinen Eltern redeten. Ich hatte einen verrückten Traum, in dem ich an einem Strand lag und einen Bikini trug. Gannon Forester war dort und schaute zu mir herunter. Er trug eine dunkle Fliegerbrille und sah wirklich attraktiv aus.

Der Traum wirkte so real. Ich könnte schwören, dass mein Herz schneller schlug, als er mich ansah. Und als er mir über die Wange streichelte, wurde mir ganz warm. Aber dann wurde ich durch die Kinder geweckt und aus dem Traum gerissen.

Ein Traum, der mich mit einem komischen Gefühl zurückließ. Leere. Einsamkeit.

Meine Familie hat mir erzählt, dass Gannon mein Ehemann war und wir seit sieben Jahren verheiratet waren. Ich konnte das nicht glauben. Warum sollte ich einen Mann heiraten, der so viel älter war als ich?

Alles, woran ich mich erinnern konnte, war, dass ich sechzehn Jahre alt war. Aber meine Eltern sagten mir, dass ich keine sechzehn Jahre alt war; ich war achtundzwanzig Jahre alt. Als ich nach Gannons Alter fragte, sagten sie mir, dass er fast vierzig war. Ich war noch nicht einmal dreißig und mit diesem alten Typen verheiratet?

Nichts von dem, was sie mir erzählten, ergab einen Sinn.

Und dann erzählten sie mir, dass ich Gannons Sohn, den er mit einer anderen Frau hatte, adoptiert hatte und selbst noch zwei eigene Kinder mit ihm hatte.

Das war so unglaublich.

Mama erzählte mir, dass ich Gannon mit einundzwanzig geheiratet habe. Aber warum sollte eine so junge Frau einen Mann heiraten wollen, der schon über dreißig war?

Ich war verwirrt und in meinem Kopf drehte sich alles. Ich hatte häufig Kopfschmerzen. Die Ärzte sagten, dass käme von dem Unfall, den ich hatte.

Ich konnte mich an keinen Unfall erinnern. Ich erinnere mich daran, dass ich mich rasenden Kopfschmerzen im Krankenhaus aufgewacht bin. Und ich erinnere mich daran, dass ein Mann neben meinem Bett saß. Seine blauen Augen waren blutunterlaufen und er sah besorgt aus.

Er freute sich, dass ich aufwachte und sprang auf. Er beugte sich über mich, nahm mein Gesicht in seine Hände und ich fing an zu weinen. Ich hatte Angst vor ihm.

Krankenschwestern kamen ins Zimmer und ich bat sie darum, dafür zu sorgen, dass dieser Mann ging. Ich wusste nicht, wer er war oder warum er mich berührte.

Dann weinte der Mann. Er vergrub sein Gesicht in seinen Händen und heulte wie ein Baby. Der Typ tat mir leid, aber ich hatte keine Ahnung, warum er so sehr weinte.

Eine Schwester brachte ihn aus dem Zimmer und meine Familie kam herein. Ich fragte meinen Bruder Brad, wer der ältere Mann war. Er sagte mir, dass sein Name Gannon Forester sei und er mein Ehemann sei.

Dann war ich diejenige, die weinte. Ich war so verwirrt und verängstigt. Ich flehte meine Eltern an, mich nicht dazu zu zwingen, mit diesem Fremden mitgehen zu müssen. Ich flehte sie an, ihn von mir fernzuhalten.

In diesem Moment fragte mich jemand, was ich dachte, wie alt ich sei und ich antwortete sechzehn. Die Ärzte erklärten mir, dass ich nicht sechzehn war und dass ich meine Erinnerung teilweise verloren hatte. Sie sagten mir, dass auf den Röntgenbildern eine Hirnprellung zu sehen sei, aber dass die Erinnerungen an meinen Mann und Kinder irgendwann zurückkommen würden.

Ich glaubte ihnen nicht. Ich glaubte niemandem. Aber meine Träume schienen real zu sein. Und ich fühlte Dinge, die ich noch nie zuvor gefühlt hatte.

Einsamkeit.

Warum fühlte ich mich plötzlich so alleine?

Mir ging es gut, zuhause bei meiner Familie, ich war sogar glücklich. Alles, was mir fehlte, waren die Schule und meine Freunde.

Mama erzählte mir, dass alle meinen alten Freunde erwachsen waren und weggezogen seien. Ich musste zuhause bleiben, mich ausruhen und erholen.

Das Problem war, dass ich mich gut fühlte. Ich hatte niemanden verletzt, nicht auf die Art, als ich das erste Mal aufwachte. Aber ich hatte das Gefühl, dass etwas fehlte. Und ich fühlte mich verloren.

Ich musste nicht zur Schule. Ich hatte keine Arbeit, zu der ich gehen musste. Ich hatte gar nichts.

Ich stieg aus dem Bett und ging in mein Badezimmer, um zu duschen und mich anzuziehen. Ich hatte keine Ahnung, wer uns besuchen würde, aber ich wusste, dass ich aufstehen und freundlich zu unserem Besuch sein sollte.

Nachdem ich mich angezogen hatte, verließ ich das Zimmer. Ich fühlte mich etwas komisch. Ich hoffte, dass ich mich an die Person die mich unten erwartete, erinnern könnte. Ich hasste das Gefühl, Leute nicht zu erkennen, die behaupteten, ich würde sie kennen.

Mein Fuß betrat den Treppenabsatz und ich erstarrte, als ein kleiner Junge auf mich zulief und rief: „Mami!"

Er schlang seine kleinen Arme um meine Beine und drückte mich. Ich wusste nicht, was ich sagen sollte. Ich kannte den Jungen nicht. Ich hatte ihn vorher – im Krankenhaus – schon einmal gesehen, aber ich hatte keine Ahnung, wer er war. Alles, was ich wusste, war, dass er zusammen mit einem älteren Bruder und einer kleineren Schwester in mein Krankenzimmer gebracht wurden. Ich wurde gefragt, ob ich sie wiedererkannte und ich antwortete *Nein*.

Ich erinnerte mich daran, dass meine Mutter sie aus dem Zimmer brachte und die beiden Jungen mich schweigend und traurig ansahen. Und jetzt war der Jüngere hier und umklammerte mich und nannte mich Mami.

Ich hatte keine Ahnung, was ich sagen sollte.

Dann stand der Mann, der sich mein Ehemann nannte, am unteren Ende der Treppe. „Das ist Grady, Brooke."

Gannons Gesicht kam mir bekannt vor, jetzt, da ich ihn innerhalb von sechs Stunden zweimal in meinen Träumen gesehen hatte. Ich nickte und fuhr mit meiner Hand durch das dunkle Haar des Jungen. „Er sieht aus wie du", sagte ich, als das Kind mich ansah.

„Er hat deine Nase", antwortete Gannon.

Ich berührte meine Nase und schaute auf die Nase des Jungen. „Ja, das stimmt, nicht wahr?"

„Mama kannst du jetzt mit uns nach Hause kommen?", fragte mich der Junge.

Ich konnte nur den Kopf schütteln. „Süßer, ich kenne euch nicht."

Der traurige Blick in dem kleinen Gesicht brachte mich beinahe zum Weinen.

KAPITEL DREI

Gannon

ALS ICH SO DA STAND UND die Liebe meines Lebens ansah, spürte ich, wie die Hoffnung aus mir wich. Sie erkannte ihre eigenen Kinder oder mich immer noch nicht. „Brooke, warum kommst du nicht herunter und nimmst deine Tochter auf den Arm? Vielleicht löst das ein paar Erinnerungen aus."

Sie zögerte, doch dann nahm Grady sie an die Hand. „Komm schon, Mama."

Grady schaffte es, seine Mutter die Treppen hinunterzubringen und als sie vor mir standen, sagte ich: „Im Moment glaubst du vielleicht noch, uns nicht zu kennen, aber das tust du. Komm her. Komm und nimm Gwen. Sie ist eine richtige Heulsuse ohne dich."

„Ich weiß nicht", sagte Brooke und ließ ihren Blick schweifen.

Ihre Mutter kam zu uns. Sie legte den Arm um ihre jüngste Tochter und führte sie zum Sofa. „Gannon hat uns die Nachrichten gezeigt, die ihr euch heute Morgen geschickt habt. Ich glaube, dein Gehirn erholt sich und mit den Kindern und deinem Ehemann in der Nähe sollte es gelingen, dich zurück in die Realität zu holen, Süße."

Brookes Vater stand auf, nahm Gwen und legte unsere sechs Monate alte Tochter in die Arme ihrer Mutter. Unsere beiden Jungs setzten sich neben Brooke. Jeder auf eine Seite und so nah, dass sie die Frau, die sie so sehr vermisst hatten, berühren konnten.

Ich blinzelte die Tränen zurück, während ich Brooke dabei beobachtete, wie sie unsere Tochter anschaute. „Sie hat grüne Augen und blonde Haare. Genau wie ich." Brooke fuhr mit der Hand über Gwens Pausbäckchen. „Bist du meine Tochter?"

Gwen streckte ihr Händchen aus, berührte Brookes Lippen und gab unverständliche Laute von sich. Braiden lachte. „Ja, Mama, sie ist deine Tochter. Sie sieht genauso aus wie du. Ich wünschte, du könntest dich an uns erinnern." Für seine sechs Jahre war Braiden schon ziemlich reif. Er war der beste große Bruder, den sich ein Kind wünschen konnte.

„Das wünsche ich auch." Brooke blickte Braiden an. „Aber das kann ich nicht. Verrätst du mir deinen Namen?"

Braiden ließ sich davon nicht verunsichern und er antwortete: „Ich bin Braiden, das ist Grady und das ist Gwen." Er zeigte auf mich. „Und das ist Papa. Du küsst ihn oft." Alle lachten, außer Brooke, die errötete.

Verschüchtert senkte sie den Kopf. „Ach du meine Güte."

Brookes Mutter fügte noch hinzu: „Du hast ihn wirklich oft und gerne geküsst, Brooke. Vielleicht wollten ihr zwei eine Spazierfahrt machen. Alleine."

Brooke sah ihre Mutter mit aufgerissenen Augen an und schüttelte den Kopf. „Nein!"

Mir wurde das Herz ganz schwer, als ich sah, dass sie sich vor mir fürchtete. „Das ist in Ordnung", sagte ich. „Es gibt keinen Grund, die Dinge zu überstürzen."

Brookes und mein Blick trafen sich. „Danke." Sie wirkte erleichtert und schaute wieder auf das Baby in ihren Armen. „Ich hatte noch einen Traum mit dir, Gannon."

Ich nahm auf dem Sessel gegenüber von ihr Platz. „Hattest du? Worum ging es in dem Traum?"

„Ich war einem Strand und du hast mich angesehen", erzählte sie, während sie ihren Blick weiter auf Gwen richtete. „Du hast eine Fliegerbrille getragen."

„Nun, das ist unzählige Male passiert, Brooke. Wir leben in Los Angeles und gehen häufig mit den Kindern zum Strand", antwortete ich ihr.

Sie legte die Stirn in Falten und sah mich skeptisch an. „Wir leben in Los Angeles?" Sie schaute zu ihrer Mutter. „Warum hast du mir das nicht erzählt, Mama?"

Ihre Mutter zuckte die Achseln. „Ich weiß nicht, Brooke. Ich hatte Angst, dir Dinge zu erzählen. Es wühlt dich so auf, wenn ich dir etwas erzähle, an das du dich nicht erinnern kannst. Ich tue dir das nicht gerne an."

Brooke wirkte aufgewühlt, als sie weiterredete: „Nun, ich sollte schon wissen, wo ich wirklich lebe, wenn nicht hier bei euch. Ich hatte keine Ahnung. Was habt ihr mir noch verschwiegen?"

Ihre Mutter stand auf und sah nun selbst etwas verärgert aus. „Ich werde mal Frühstück machen."

Brooke schaute mich ausdruckslos an. „Ich bin zu viel für sie. Das merke ich. Sie wirkt viel älter, als ich sie in Erinnerung habe." Sie blickte zu ihrem Vater, der sich die Stirn rieb. „Er auch."

Ihr Vater stoppte seine Bewegung und antwortete: „Wir sind älter, Schatz. Und du bist uns nicht zu viel. Weder deiner Mutter noch mir. Es ist einfach nur schwer zu sehen, wenn das eigene Kind so etwas durchmacht." Er stand auf und ging in die Küche.

Ich saß da, schaute meine Frau und fragte mich, was zur

Hölle wir tun konnten, damit sie sich wieder erinnerte. „Ich bin froh, dass wir hergekommen sind, Brooke. Ich glaube, deine Eltern brauchen eine Pause."

Brooke nickte. „Ich glaube, ich will nach Hause. In mein Zuhause." Sie schaute mich an. „Kannst du mich bitte nach Hause bringen, Gannon? Hier fühle ich mich verloren. Vielleicht fühle ich mich dort nicht verloren. Aber ich muss meine Eltern auch bei mir haben. Ist dort Platz für sie?"

Braiden lachte. „Mama, unser Haus ist riesig! Es gibt dort genug Platz für alle."

Ein Lächeln legte sich über mein gesamtes Gesicht. Brooke wollte nach Hause. Sie fühlte sich in ihrem Elternhaus verloren. Vielleicht war das der Schlüssel zu ihren Erinnerungen. „Ich werde dich nach Hause bringen und deine Eltern können mitkommen. Wann möchtest du aufbrechen?"

Brooke saß ganz ruhig da, richtete ihren Blick an die Decke und dann wieder auf mich. „Gleich nach dem Frühstück. Ist das in Ordnung?"

„Alles wird wieder gut, Brooke. Wir werden alles tun, damit du wieder die Person wirst, die du vor dem Unfall warst." Ich stand auf und ging in die Küche. „Ich werde deinen Eltern von deiner Idee erzählen und dann werden wir die Dinge angehen. Heute Nacht wirst in deinem eigenen Bett schlafen."

„Ich schlafe nicht mit dir in einem Bett, Gannon!" Ihre Worte waren messerscharf.

Ich drehte mich um und hoffte, dass sie mir meinen Schmerz nicht ansah. „Ich würde dich nie dazu zwingen, mit mir in einem Bett zu schlafen, Brooke. Ich werde in einem anderen Zimmer schlafen. Du musst dir wegen nichts Sorgen machen."

Mit ihr unter einem Dach zu leben, sie aber nicht berühren zu können, würde schmerzhaft sein. Aber zumindest wäre sie Zuhause.

KAPITEL VIER

Brooke

Ich war geschockt, als wir die lange Auffahrt zu dem Haus entlang fuhren, was laut Gannon und der Kinder unser Haus war. Es war riesig. Es sah aus, wie aus einem Traum. „Gannon, bist du reich?", musste ich ihn fragen.

„Wir sind nicht arm", antwortete er schmunzelnd.

Das Wort *wir* klang für mich komisch. Als ob er und ich ein *wir* waren. So fühlte ich mich nicht. Er war noch immer ein Fremder für mich.

Sicher, Gannon war ein attraktiver Fremder, aber immer noch ein Mann, an den ich mich nicht wirklich erinnern konnte. Ein Mann, der ein paar Mal in meinen Träumen aufgetaucht war, sonst nichts. Ich fühlte nichts für ihn. Keine Verbindung, nichts.

Ich betrachtete das riesige Haus und war ein wenig eingeschüchtert. „Muss ich dieses Monster putzen?"

„Wir haben Personal, das sich darum kümmert", klärte Gannon mich auf. „Du kümmerst dich um die Kinder und vor dem Unfall warst du Leiterin eines privaten Kindergartens. Sie haben eine Aushilfe eingestellt, bist du wieder fit bist. Dann kannst du deine Stelle wiederhaben, wenn du willst."

„Ich arbeite also", murmelte ich. Tatsächlich gab mir das ein gutes Gefühl. Ich hatte also eine Aufgabe. Ich kümmerte mich um meine Kinder und ich hatte noch eine richtige Arbeit. Ich blickte zu Gannon, als er das Auto in die Garage steuerte. Er sah so gut aus. Ich hatte mir bisher nicht gestattet, ihn genau anzusehen.

Langsam wurde mir klar, warum ich diesen älteren Mann geheiratet hatte. Er war ziemlich heiß.

Wir stiegen aus und gingen ins Haus. Ich staunte über das Haus, dass alle als unser Heim bezeichneten. Von der Garage aus gelangten wir in die Küche. Ich schaute mich um, erkannte aber nichts. „Mach dir keine Sorgen, wenn du die Küche nicht wiedererkennst, Mama. Wir haben einen Koch und du hast hier nie viel gemacht", erklärte mir Braiden.

„Gut zu wissen, denn mir kommt hier gar nichts bekannt vor", sagte ich und tätschelte dem Jungen den Kopf. „Du scheinst ein sehr hilfsbereites Kind zu sein, Braiden."

„Du nennst mich oft Mamas kleinen Helfer", erzählte er mir mit einem breiten Grinsen.

Mein Herz wurde mir bei seinem Anblick etwas schwer. Ich wünschte wirklich, dass ich mich an ihn erinnern könnte. Die Kinder waren in meinen Träumen überhaupt nicht vorgekommen, nur Gannon.

Meine Eltern betraten direkt nach uns den Raum und ich fand es irgendwie komisch. Es war, als gehörten sie nicht wirklich hierhin. Jeder wirkte, als wäre er am richtigen Platz, nur meine Eltern nicht.

Mama schien meinen Blick bemerkt zu haben. „Du guckst komisch, Brooke."

„Ihr wirkt irgendwie deplatziert" antwortete ich ihr. „Als ob ihr nicht hierhergehört."

Papa schüttelte den Kopf und sagte: „Das tun wir auch nicht. Das ist euer Zuhause, Brooke."

Gannon hatte einen merkwürdigen Gesichtsausdruck. „Brooke, lassen wir die Kinder für einen Moment bei deinen Eltern. Ich möchte dir das Haus zeigen und noch etwas anderes."

Ich war mir nicht sicher, ob ich mit diesem Mann alleine sein wollte. Aber ich hatte auch ein merkwürdige Empfindung. Also stimmt ich zu und ließ ihn meine Hand nehmen, nachdem er das Baby meiner Mutter gegeben hatte.

Gemeinsam gingen wir durch das Haus. Er öffnete eine Türe und ich erblickte ein Zimmer voller Spielsachen. „Hier spielen die Kinder. Du und ich verbringen eine Menge Zeit mit ihnen in diesem Zimmer." Er zeigte auf die Ledergarnitur. „Kommt dir die bekannt vor?"

Ich ließ seine Hand los, ging zu der Couchgarnitur und setzte mich an ein Ende. Ich strich mit der Hand über das weiche Leder, lehnte mich zurück und meine Hand fuhr an der Seite entlang. Ich spürte einen Knopf, drückte darauf und der Sitz, auf dem ich saß, ließ sich nach hinten verstellen. „Warum fühlt sich das so vertraut an?"

„Wahrscheinlich weil es dein Lieblingsplatz ist." Er lächelte mich breit an. „Willst du noch mehr ausprobieren?"

Das wollte ich. Ich stand auf und er nahm mich erneut an die Hand. Dieses Mal spürte ich einen Funken. Es kam mir komisch vor, aber es gefiel mir auch.

Wir kamen zu einem Flur und plötzlich traf mich etwas, wie ein Schlag. „Kugeln."

Gannon blickte mich fragend an. „Was ist mit Kugeln?"

„Löcher", sagte ich. „In den Wänden. Ich kann hören, wie die Kugeln durch die Luft fliegen." Mit aufgerissenen Augen starre ich Gannon an. „Du warst auch da. Du hast mich gehalten und mit dir zu Boden gerissen."

Er nickte. „Das ist passiert, Brooke." Er führte mich weiter und öffnete eine Türe. „Erinnerst du dich an dieses Zimmer?"

Ich ging direkt zu der Stelle, an der ich vor meinem inneren Auge die Einschusslöcher sehen konnte. Doch in der Wand war nichts zu sehen. „Es war hier, oder?" Ich schaute zu Gannon, als mir ein Gedanke durch den Kopf schoss. „Sie ist im Gefängnis, nicht wahr?"

Er nickte wieder. „Ist sie. Du beginnst dich wieder zu erinnern. Das war eine gute Idee, Liebling." Er nahm meine Hand und zog mich zu einer Tür auf der anderen Seite des Flurs. Als er die Tür öffnete, kam mir ein Geruch entgegen.

Der Geruch löste etwas in meinem Kopf aus. „Das riecht nach uns."

Umgeben von einer Bilderflut, bekam ich weiche Knie. Abwechselnd tauchten Gannon und die Kinder in meinem Kopf auf. Ich klammerte mich an Gannon, der seine Arme um mich legte und mich festhielt. „Liebling?"

„Gannon!" Die Bilder wollten nicht enden und ich schloss die Augen. „Gannon!"

Meine Finger bohrten sich in seine starken Arme. Ich spürte seinen Bizeps und ein Verlangen kam in mir auf.

Mein Körper zitterte und die Bilder wurden weniger. Als ich meine Augen öffnete, erkannte ich den Mann, der mich im Arm hielt. Er schaute mir in die Augen. „Brooke?"

„Ich erinnere mich jetzt."

KAPITEL FÜNF

Gannon

Ich schaute in ihre wunderschönen grünen Augen. *Sie erkannte mich!*

Mit zitternden Händen fuhr sie über mein Gesicht. „Gannon, Liebling!" Ihre Lippen zitterten, sie zog mich zu sich heran und küsste mich.

Ihr süßer Atem vermischte sich mit meinem. Unser Kuss war innig und übermannte mich. Ich hob sie hoch und trug sie zu unserem Bett. Aufgewühlt und voller Emotionen legte ich mich zu ihr.

Ich hatte meine Frau zurück in unserem Bett, wo sie hingehörte. *Ich hatte meine Frau wieder!*

Wir küssten uns leidenschaftlich und berührten uns überall. Ich fasste ihr an die Brust und sie mir an den Hintern. Dann fuhren ihre Hände unter mein Hemd; sie schob es hoch und ihre Hände berührten meine nackte Haut. Ihre Berührungen erregten mich.

Ich löste mich aus ihrer Umarmung, stand auf und zog

meine Kleidung aus. Sie zog sich ebenfalls eilig aus und dann lagen wir wieder zusammen in unserem Bett. Sie schlang ihre Beine um meinen Körper und presste sich gegen mich.

Als ich in sie eindrang, gaben wir beide einen Seufzer schmerzlicher Erleichterung von uns. „Gott, du hast mir gefehlt", flüsterte ich ihr zu und biss in ihr Ohrläppchen.

„Gannon, es tut mir so leid", wimmerte sie. „Wie lange ist es her?"

„Drei Wochen, Liebling. Drei höllisch lange Wochen." Meine Stöße spiegelten mein brennendes Verlangen nach ihr wider.

Sie schaute mir tief in die Augen. „Es tut mir so leid, Gannon. Wirklich."

„Du musst dich nicht entschuldigen, Liebling. Es ist nicht deine Schuld." Ich küsste sie, während ich mich weiter in ihr vor und zurück bewegte.

Sie stöhnte und knabberte an meiner Unterlippe. Ich änderte unsere Position, so dass sie nun oben war. Ich legte meine Hände an ihre Hüften und bewegte sie dann weiter hoch, bis zu ihren Brüsten.

Sie beugte sich vor und ich nahm einen ihrer Nippel in den Mund und saugte daran. Sie schnurrte, während sie mich ritt. „Ich liebe dich, Gannon Forester. Das habe ich immer und das werde ich immer."

Ihre Worte ließen mein Herz höher schlagen. Sie war zurück. *Meine Frau war zurück!*

„Ich liebe dich, Brooke Forester", antwortete ich ihr und fuhr mit meinen Lippen über ihre Brüste.

Sie erschauerte. „Wie ich das vermisst habe. Jetzt weiß ich, warum ich mich so allein und einsam gefühlt habe. Ich hatte dich nicht."

„Wir beide sind zwei Teile eines Ganzen, das sind wir schon seit einer langen Zeit." Ich schaute in ihre Augen und erinnerte mich daran, wie furchtbar ich mich gefühlt hatte, als sie im Krankenhaus aufgewacht war und nicht wusste, wer ich war. „Es hat mich beinahe umgebracht, als du mich nicht erkannt hast."

Sie lehnte sich vor, küsste mich und antwortete: „Ich kann nicht aufhören, mich zu entschuldigen, Liebling. Ich kann nicht. Es schmerzt mich, zu wissen, dass ich dich so verletzt habe."

„Es ist ja nicht so, als hättest du das mit Absicht gemacht." Ich zog sie wieder zu mir heran und küsste sie erneut. Dann änderte ich unsere Position wieder. Ich liebte das Gefühl, sie unter mir zu haben.

Sie beugte ihre Knie und presste ihren Körper gegen meinen, damit ich noch tiefer in sie eindringen konnte. „Danke Gannon, dass du mich geholt hast."

„Danke, dass du mit nach Hause gekommen bist." Ich fuhr mit meinen Zähnen an ihrem Hals entlang.

Ihre Fingernägel vergruben sich in meinem Rücken und hinterließen ihre Spuren. Ich ertrug sie mit Vergnügen. Ihre Kratzspuren auf meinem Rücken kamen mir jetzt wie ein wahr gewordener Traum vor.

Ich biss ihr sanft in den Hals, leckte und saugte daran, bis ich mir sicher war, ebenfalls Spuren hinterlassen zu haben. Eine Markierung, die mich noch eine Zeit lang an diesen Moment erinnern würde.

In ihr vergraben, fühlte ich mich endlich wieder wie ich selbst. Auch ich war verloren gewesen. Sehr verloren ohne sie.

Die Kinder waren der einzige Grund für mich gewesen, mich zusammenzureißen. Gott sei Dank waren sie da, ansonsten wäre ich verrückt geworden.

Sie keuchte: „Gannon, ich komme, Liebling!"

Ich spürte, wie sich ihr Körper um meinen verkrampfte und eine nasse Hitze machte ihr Innerstes glitschig. „Oh ja, Süße, lass dich fallen. So ist es gut!"

Die Art, wie sie sich anfühlte, brachte mich ebenfalls zum

Höhepunkt. Unsere Körper wurden eins, als wir unsere Flüssigkeiten untereinander austauschten. Schwer atmend blieben wir regungslos liegen.

„Ich bin zuhause, Gannon. Ich bin endlich zuhause", flüsterte sie.

Ich küsste ihre süßen Lippen. „Du bist endlich zuhause."

Wir blickten uns tief in die Augen und als sie zu weinen begann, küsste ich ihre Tränen fort. Sobald ich ihre salzigen Tränen schmeckte, konnte ich meine eigenen nicht mehr zurückhalten.

Wir weinten gemeinsam. Tränen der Freude. Tränen der Reue. Tränen der Erleichterung.

Wir hielten einander fest, so fest, als hätten wir Angst, dass alles nur ein Traum war, aus dem wir erwachen könnten.

„Das hier ist real, oder?", fragte sie mit heiserer Stimme.

„Gott, ich hoffe doch", sagte ich. „Wenn das hier nur ein Traum ist, werde ich nach dem Aufwachen ziemlich sauer."

Ihr Lachen war Musik in meinen Ohren. Es kam mir vor, als sei eine Ewigkeit vergangen, seit ich ihr süßes Lachen das letzte Mal gehört hatte. „Oh Liebling, du hast ja keine Ahnung, wie gut das tut, dich wieder lachen zu hören."

Seufzend schloss sie die Augen. „Gannon, das Leben mit dir ist wie ein Traum. Du bist so perfekt und so fürsorglich." Sie öffnete ihre Augen und sah mich an, während sie mir ihre Hände auf die Schultern legte. „Ich bin die glücklichste Frau auf der ganzen Welt."

„Dann macht mich das zum glücklichsten Mann auf der Welt."

Wir küssten uns erneut und ich spürte, wie die Risse in meinem Herzen, die sich gebildet hatten, nachdem sie mir sagte, dass sie mich nicht kannte, sich wieder schlossen. Ich war wieder komplett. Und sie war es ebenfalls.

Ende

Hat Dir dieses Buch gefallen? Dann wirst Du Maskierter Genuss LIEBEN.

Eine leidenschaftliche Nacht wurde zu lebenslanger Verantwortung ...

Die kleine Schönheit erregte sofort meine Aufmerksamkeit. Das sexy Negligé, das sie trug, betonte ihren sinnlichen Körper, auch wenn eine Maske ihr Gesicht vor mir verbarg.
Aber ich eroberte sie und nahm sie mir, so oft ich wollte. Sie gehörte mir in jener Nacht.
Meine kleine Sklavin gab mir alles, was ich von ihr verlangte.
Meine Berührung ließ sie die Kontrolle verlieren, so dass sie mir mehr gab als jemals zuvor einem anderen Mann.
Letztendlich gab sie mir mehr, als ich jemals erwartet hatte...

Lies Maskierter Genuss JETZT!

VORSCHAU - KAPITEL 1

Lies Maskierter Genuss JETZT!

Halloween-Nacht

Die Nachtluft ließ mich leicht frösteln, als mein Fahrer vor dem Club hielt, zu dem ich ihm den Weg gewiesen hatte. Hier fand ich immer Erleichterung. Meine dunkle Seite kam oft um den sündigsten Feiertag herum zum Vorschein. Der Dom in mir wollte eine Nacht lang mit einer Sub spielen. Das war alles, was ich mir zu erlauben wagte.

Ich war bis nach Portland, Oregon, gereist, um einige Zeit meinem Leben in Los Angeles, Kalifornien, zu entfliehen. Zu Hause ließ ich die Finger von BDSM. Dieses Vergnügen war für den Club reserviert, dem ich beigetreten war, als er vor ein paar Jahren eröffnet wurde. Der Dungeon of Decorum war ein Ort, den ich nicht oft besuchte – ich kam nur einmal oder zweimal im Jahr her.

Ich spielte einfach gern die dominante Rolle, ich war nicht immer so. Ich hatte noch nie eine Sub gebucht oder für mehr als eine lustvolle Nacht bezahlt. Es war einfach eine Möglichkeit für mich, ab und zu Dampf abzulassen, nicht mehr.

Als ich die Einladung zum ersten jährlichen Halloween-Ball des Clubs erhielt, war ich in der Stimmung für BDSM-Spaß und machte Pläne, an dem teilzunehmen, was der Einladung nach zu urteilen garantiert jede Menge Spaß bieten würde.

Ein roter Teppich führte mich von dem Wagen, den ich gemietet hatte, zur Tür von etwas, das wie eine Hütte aussah. Von außen war das alles, was man sehen konnte. Im Inneren führte eine Treppe nach unten, wo es einen großen Hauptraum, mehrere kleinere, intimere Räume, eine Reihe privater Räume und sogar private Suiten für Langzeitaufenthalte gab.

Als ich in den Hauptraum ging, sah ich ein riesiges Banner über der Menge, die sich dort versammelt hatte, um an den gruseligen Festlichkeiten teilzunehmen. Umhänge bedeckten die Smokings der meisten Männer, genau wie bei mir auch. Eine einfache Maske im Stil von Lone Ranger verbarg meine Identität. Die Frauen waren in ihrer düsteren, sexy Kleidung die wahren Stars der Nacht.

Ich muss ein wenig überwältigt von all den willigen Frauen ausgesehen haben, als ein Mann meine Schulter berührte. „Siehst du jemanden, der dir gefällt?"

Mit einem Nicken beantwortete ich seine Frage. „Viele von ihnen sind nach meinem Geschmack. Das ist bei weitem die heißeste Halloween-Party, zu der ich jemals eingeladen worden bin."

„Ich auch", sagte der Mann und grinste. „Aber ich bin nicht hier, um nach einer neuen Sub zu suchen. Ich habe jetzt eine dauerhafte." Er streckte mir seine Hand entgegen. „Dr. Owen Cantrell."

Als ich seine Hand schüttelte, erinnerte ich mich daran, diesen Namen schon einmal irgendwo gehört zu haben – dann fiel es mir ein. „Du bist der Schönheitschirurg der Stars. Das heißt, du *warst* es, bevor deine Reality Show geendet hat. Ich glaube, sie hieß *Beverly Hills Reconstruction*. Ich lebe auch außerhalb von Los Angeles. Nixon Slaughter. Ich besitze und leite Champlain Services."

„Ich habe davon gehört", sagte Owen, als er nickte. „Eine Umweltagentur."

Zu sagen, dass ich stolz auf meine Firma war, wäre eine Untertreibung gewesen. Sie hatte viel Zeit gebraucht, um zu wachsen und sich einen Namen zu machen. Nach Jahren harter Arbeit hatte ich mehr erreicht, als ich mir jemals erträumt hatte. Wir waren weltweit aktiv und das Beste war, dass wir dem Planeten und zukünftigen Generationen halfen.

Ich schob die Hände in die Taschen und schaukelte auf meinen Füßen hin und her. „Du hast davon gehört?"

„Wer nicht?", fragte er mit einem Grinsen. „Ich habe auch etwas in der *L.A. Times* über dich und deine zwei Geschäftspartner gelesen, die einen neuen Club in der Innenstadt bauen. Ein exklusives Etablissement, so wie die besten Nachtclubs in Las Vegas. Wann, glaubst du, werdet ihr eröffnen?"

„Wir hoffen, dass alles rechtzeitig für eine Silvesterparty fertig wird. Das ist das Zieldatum für die Eröffnung." Ich zog eine Visitenkarte aus der Brusttasche meines Jacketts und reichte sie Owen. „Hier ist meine Nummer. Ruf mich an und ich arrangiere, dass du und deine Begleitung Gäste des Hauses seid."

Er steckte die Karte ein und klopfte mir auf den Rücken. „Cool. Wir werden da sein. Danke, Mann." Er zog ebenfalls eine Karte hervor und gab sie mir. „Und wenn du jemanden kennst, der meine Dienste braucht, gibst du ihnen meine Nummer. Wenn sie sagen, dass du sie an mich verwiesen hast, bekommen sie zehn Prozent Rabatt."

Ich steckte seine Karte ein. „Das mache ich, Partner."

Eine Frau mit langem, seidenschwarzem Haar, einem fast

durchsichtigen Negligé und einer riesigen Maske mit Pfauenfedern kam an Owens Seite. Er legte seinen Arm um sie und zog sie dicht an sich. „Gestatte mir, dich mit der Frau bekannt zu machen, die bei deiner feierlichen Eröffnung mein Date sein wird. Das ist Petra, meine Frau."

Sie streckte eine lange, schlanke Hand aus und ich nahm sie und küsste sie. „Es ist mir ein Vergnügen, dich kennenzulernen, Petra. Ich bin Nixon Slaughter. Ich freue mich darauf, euch beide in meinem Nachtclub am Silvesterabend zu sehen. Ihr werdet meine Ehrengäste sein."

„Oh", sie sah ihren Ehemann an. „Der Club, ich habe darüber gelesen." Ihre dunklen Augen wandten sich zu mir. „Habt ihr schon einen Namen dafür gefunden? Zuletzt habe ich gelesen, dass ihr euch noch unsicher seid."

Ich schüttelte den Kopf und schob die Hände in meine Taschen zurück. „Nein, wir sind in einer Sackgasse. Aber wir werden uns bald etwas einfallen lassen – sobald wir herausfinden, wie wir Gannon Forester dazu bringen können, nicht ständig all unsere Ideen abzulehnen."

Petras Augen leuchteten auf, als sie sagte: „Wie wäre es mit Club Exclusive? Weißt du, weil es sich um einen exklusiven Teil der Gesellschaft, die Ultra-Reichen, handelt."

„Ich werde es meinen Partnern vorschlagen." Unsere Aufmerksamkeit wurde von einem Mann abgelenkt, der auf der Hauptbühne an das Mikrofon getreten war.

„Fröhliches Halloween!", rief der Zeremonienmeister.

Donnernder Applaus dröhnte durch den großen Raum. Owen nickte mir zu, und er und seine Frau gingen nach vor, um näher an die Bühne zu gelangen. Ich hingegen trat zurück. Ich war nicht wild darauf, inmitten einer Menschenmenge zu sein. Ich war lieber in der Nähe des Ausgangs – es war eine merkwürdige kleine Eigenart von mir. Beim Ausbruch einer Panik niedergetrampelt zu werden, war eine Art Phobie, die ich hatte.

Also hielt ich mich am Rand der Menge auf. Ein Kellner kam mit einem Tablett mit verschiedenen Cocktails vorbei. Ich nahm ein klares Getränk, in dem ein paar Kirschen schwammen. Als ich es probierte, schmeckte es nach frischer Minze.

Als ich auf die Bühne zurückblickte, sah ich vier Leute darauf stehen. Ein Mann und drei Frauen – alle in roten Umhängen – gingen in Position. Ketten fielen von den Dachbalken und weitere Männer kamen auf die Bühne, um die Frauen zu fesseln.

Mit Seilen und Ketten zu spielen war nichts, was ich je gemacht hatte. Nicht, dass ich es eines Tages nicht gern versucht hätte, aber ich hatte einfach nicht das Know-how für all das Zubehör. Und ich konnte keinen speziellen Raum dafür zu Hause haben, so wie es viele Doms taten. Meine Eltern aus Texas besuchten mich etwa drei- oder viermal im Jahr. Normalerweise blieben sie eine Woche, und Mom war verdammt neugierig. Ich würde nie vor ihr verbergen können, dass ich in meinem Haus eine Folterkammer hatte.

Ganz zu schweigen davon, dass die Strandhäuser in Malibu nicht gut dafür geeignet waren, Dinge zu praktizieren, die Frauen zum Schreien brachten. Früher oder später würde jemand die Polizei rufen.

Also musste ich meinen kleinen Fetisch anderswo ausleben. Nur wenige Leute kannten mein finsteres Geheimnis – meine Partner und meine beste Freundin Shanna. Meine Partner fanden es cool. Shanna dachte, dass es verrückt sei und dass ich eines Tages darüber hinwegkommen und endlich erwachsen werden würde.

Shanna und ich waren schon in unserer kleinen Heimatstadt Pettus, Texas, Freunde gewesen. Als ich nach L.A. ging, war sie wütend auf mich gewesen, weil ich sie in dem langweiligen kleinen Ort ganz allein zurückgelassen hatte. Nachdem ich mich niedergelassen hatte, gab ich ihren Bitten nach und ließ sie zu mir kommen und bei mir wohnen, bis sie auf eigenen Füßen stehen konnte – was ihr sehr schnell gelang. Während sie mit mir zusammenlebte, erfuhr sie von meinem kleinen Geheimnis.

Ich hatte in der ersten Woche, als Shanna bei mir wohnte, eine Frau mit nach Hause gebracht. Um ehrlich zu sein, hatte ich vergessen, dass sie da war. Ich verpasste der Frau ein Spanking und sie stöhnte – eine Menge – und flehte mich an, härter zuzuschlagen. Shanna klopfte an die Schlafzimmertür und schrie mich an, ich solle rauskommen und mit ihr reden. Ich tat es und schickte die Frau widerwillig nach Hause, während Shanna mich für mein unverzeihliches Verhalten zur Rede stellte. Sie sagte, dass *Fifty Shades* Unsinn sei und jeder, der so etwas tat, ein gottverdammter Idiot sei.

Ich erwartete noch mehr Beschimpfungen und eine lange Moralpredigt von ihr, wenn ich von dieser Reise nach Hause kam. Ich hatte es geschafft, aus der Stadt zu entkommen, bevor sie mich erwischen und versuchen konnte, mich davon abzuhalten, nach Portland zu gehen – sie wusste, was ich tat, wenn ich dorthin reiste.

„Entschuldige bitte", ertönte eine sanfte Stimme, als eine Frau meinen Arm berührte, um mich dazu zu bringen, einen Schritt zur Seite zu machen, damit sie sich in die Menge bewegen konnte.

Sie machte nur ein paar Schritte, bevor die Menschenmasse sie wie eine Mauer stoppte. Selbst von hinten war sie eine verlockende Schönheit.

Lange Beine, die mit zerrissenen schwarzen Netzstrümpfen bedeckt waren, steckten in roten Highheels. Ein schwarzes Mieder umschloss ihre Kurven und ihr runder Hintern ging in einen Rücken über, bei dem die Wirbelsäule durch einen durchsichtigen schwarzen Spitzenstoff entblößt war.

Sie trug ihre Haare in einem langen, dunklen Zopf, der über ihre linke Schulter nach vorn fiel. Als sie sich umdrehte und sichtlich verärgert darüber war, dass sie von ihrer Position aus nicht mehr sehen konnte, trafen ihre blauen Augen meine.

Ich prostete ihr mit meinem Getränk zu und sagte: „Hey."

Hey? Wirklich? Wie lahm das klingt!

Katana

Obwohl die Nacht schlecht begonnen hatte, schaute ich direkt in die herrlichsten tiefgrünen Augen, die ich je gesehen hatte. Die Maske, die er trug, konnte die Tatsache nicht verbergen, dass der große, muskulöse Mann gut aussah. „Hey", sagte er zu mir, als er sein Glas hob.

Ich brauchte dringend einen Drink. Er musste es bemerkt haben, als sich meine Augen von seinem Blick zu seinem fast vollen Glas bewegten. In diesem Moment ging ein Kellner hinter ihm vorbei und er hielt ihn an und nahm einen Drink für mich von dem vollen Tablett.

Er reichte mir ein dunkles Getränk mit einer Limettenscheibe, die am Rand des Highball-Glases hing, und lächelte mich an. „Möchtest du etwas trinken?"

„Nur zu gern." Ich nahm das Getränk von ihm entgegen und kämpfte darum, vornehm einen kleinen Schluck zu probieren, anstatt alles hinunterzukippen, wie ich es wirklich wollte.

Die letzte Woche war höllisch gewesen. Ich hatte meinen Zeitplan nicht im Blick behalten und nicht nur zwei oder drei Fristen für mich festgelegt, sondern zehn. Als freiberufliche Buchcover-Designerin war ich seit Kurzem selbständig, was bedeutete, dass ich mein eigener Chef war. Da ich keine Management-Erfahrung hatte, waren die Dinge außer Kontrolle geraten. Ich wusste, dass ich es irgendwann hinbekommen würde – aber die Woche hatte ihren Tribut gefordert.

Man könnte meinen, dass ein BDSM-Club mit einer Halloween-Party der letzte Ort ist, an den eine überarbeitete Frau geht. Aber mich ganz jemandem hingeben zu können war eine Erleichterung für mich. Also nahm ich die Einladung meiner Freundin Blyss an. Wir hatten uns vor langer Zeit getroffen, als ich ein Kind war, das in ein Waisenhaus geschickt wurde, nachdem meine Mutter verschwunden war. Blyss und ich waren uns sehr ähnlich. Wir waren beide stille Einzelgänger. Wir hatten einander geschrieben, als ich in eine Pflegefamilie zu einem älteren Ehepaar kam und sie im Waisenhaus blieb. Wir standen weiterhin in Kontakt, damit wir beide wussten, dass es mindestens eine Person auf der Welt gab, die wusste, dass wir existierten.

Blyss hatte den Mann, den sie schließlich heiratete, in diesem Club kennengelernt, und sie hatte mich ermutigt, ihn mir selbst anzusehen und den ersten jährlichen Halloween-Ball zu besuchen. Sie wusste, dass ich wenig Erfahrung in der BDSM-Welt hatte, versicherte mir aber, dass das egal sei. Ich sollte mir alles ansehen und wenn mich jemand um etwas bat, sollte ich ihn einfach über meine Unerfahrenheit informieren.

Ich hatte gehofft, dass sie und ihr Mann Troy im Club sein würden, aber aus irgendeinem Grund wollte er sie nicht dorthin zurückbringen. Ich fand es merkwürdig, dass er nicht an den Ort zurückkehren wollte, der sie zusammengeführt hatte.

„Kommst du oft hierher?", fragte mich der Mann und riss mich aus meinen Gedanken.

Erst in diesem Augenblick wurde mir klar, dass ich nicht einmal Danke gesagt hatte. „Oh, meine Güte!" Ich verzog das Gesicht und spürte, wie sich das Plastik meiner Maske in meine Wangen bohrte. „Es tut mir leid. Ich hatte eine höllische Woche. Zuerst möchte ich mich dafür bedanken, dass du mir einen Drink besorgt hast. Ich brauche reichlich Alkohol, um all das

Chaos zu vergessen. Nun zu deiner Frage – nein, ich komme nicht oft hierher. Das ist mein erstes Mal."

Als seine Lippen sich zu einem der besten Lächeln verzogen, die ich je gesehen hatte, konnte ich nicht anders, als seine perfekten Zähne zu bemerken. „Dein erstes Mal, hmm? Hast du Erfahrung mit dieser Art von Dingen?"

Mein Körper spannte sich an. Ich war es nicht gewöhnt, darüber zu sprechen, wo ich meine Erfahrungen gemacht hatte, so begrenzt sie auch waren. „Nun, ich hatte einen Freund, als ich 19 war. Er hat mir gern den Hintern versohlt. Und daraus wurde dann etwas Bondage." Ich zögerte, ihm den Rest zu erzählen, da die gemeinsame Zeit mit meinem Ex-Freund nicht gut geendet hatte. Ich wollte nicht, dass dieser Mann dachte, ich hätte Angst wegen dem, was passiert war. Aber Blyss hatte mich gedrängt, zu jedem Mann ehrlich zu sein, mit dem ich vielleicht etwas in Betracht ziehen würde, also fuhr ich fort: „Am Ende wurde das BDSM zu körperlichem und psychischem Missbrauch. Es endete damit, dass er ins Gefängnis kam, weil er mich halbtot geprügelt und mir dabei den Arm und den Kiefer gebrochen hatte."

„Verdammt." Seine knappe Antwort ließ mich zu Boden schauen. Ich wusste, dass er Mitleid mit mir hatte und mich wahrscheinlich für traumatisiert hielt. Seine Finger berührten mein Kinn und hoben mein Gesicht an. Ich sah die Sorge in seinen grünen Augen. „Bist du jetzt okay?"

Ich nickte. „Das war vor ein paar Jahren. Ich bin darüber hinweggekommen", sagte ich zu ihm.

Das stimmte größtenteils. Der letzte Rest dieser schrecklichen Zeit in meinem Leben war ein Albtraum, der mich hin und wieder daran erinnerte, dass ich immer noch einen kleinen Schaden von dem Monster hatte.

„Du kannst mich Mr. S nennen. Wie soll ich dich nennen?" Er verlagerte sein Gewicht, als er mich ansah.

„Katana", sagte ich, da ich mir keinen alternativen Namen für mich ausgedacht hatte. Blyss hatte mir nichts davon erzählt. „Katana Reeves."

„Freut mich, dich kennenzulernen, Katana Reeves." Er wies mit dem Kopf zur Seite. „Ich bin kein Freund von Menschenmassen. Möchtest du mit mir in eines der kleineren Zimmer gehen? Wir können uns zusammen eine Szene ansehen."

Ich nickte und er nahm mich bei der Hand, bevor wir aus dem großen Raum gingen. Ich war einen Schritt hinter ihm und nutzte die Gelegenheit, mein Glas auszutrinken, während er mich nicht sehen konnte. Ich musste mich schnell beruhigen, und der Alkohol würde mir hoffentlich dabei helfen.

Als er eine Tür aufstieß, hörte ich ein schreckliches Stöhnen und sah eine Frau, die komplett gefesselt über einen Tisch gebeugt war. Gedämpftes Geflüster war zu hören, während eine Handvoll Menschen sich die brutale Szene ansah.

Aus den Augenwinkeln entdeckte ich eine Bar und zog an der Hand von Mr. S, um ihn dazu zu bringen, mich loszulassen. Er blieb stehen, drehte sich zu mir um und bemerkte das leere Glas in meiner Hand. Er lächelte mich an und wir gingen zuerst zur Bar. „Was möchtest du, Katana?"

„Bourbon mit Cola, bitte." Ich hatte das Gefühl, dass er sich um mich kümmerte, und es war fantastisch – genau das, was ich nach meiner hektischen Woche brauchte.

„Einen doppelten Micher's Celebration mit Cola für die Dame und noch einmal das Gleiche für mich, pur auf Eis." Er stellte sein halbvolles Glas auf die Bar und ich stellte mein leeres daneben. Seine dunkelgrünen Augen bewegten sich zu meinen Lippen. „Ich mag deinen schwarzen Lippenstift. Schade, dass er später verschmiert werden wird."

Seine zuversichtliche Äußerung überraschte mich und ich konnte den heißen Mann, der komplett aus Muskeln zu bestehen schien, nur anstarren. Ein Schauer durchlief mich, als unsere Getränke serviert wurden. Er nahm meines und reichte es mir. Dann ergriff er sein Getränk mit der einen Hand, meine Hand mit der anderen und führte mich zu einem kleinen Tisch für zwei im hinteren Teil des Raumes.

Ich schluckte, als ich das laute, schmatzende Geräusch von Leder auf Haut und den Schmerzensschrei, der folgte, hörte. Meine Augen schlossen sich, als ich darüber nachdachte, worauf ich mich eingelassen hatte.

Sein Arm bewegte sich über meine Schulter und zog mich näher an ihn. Seine Lippen streiften mein Ohr, als er leise sagte: „Du bist absolut in Sicherheit, Katana. Kein Grund zur Sorge. Lehne dich einfach zurück und entspanne dich. Genieße die Show – danach denkst du vielleicht darüber nach, was du und ich zusammen machen können. Ich verspreche dir, dass du dich in meinen Händen nicht missbraucht fühlen wirst."

Die Art, wie er sprach, der Ausdruck in seinen Augen, seine Berührungen – alles beruhigte mich. Er war ein vollkommen Fremder, aber ich fühlte mich zu ihm hingezogen, wie ich es noch nie bei einem anderen Mann erlebt hatte. Ein weiteres schmatzendes Geräusch ließ mich das Paar auf der kleinen Bühne betrachten.

Die Frau in den Seilen schien besiegt zu sein. Mein Herz schmerzte, da ich wusste, wie sich das anfühlte. In mehr als einer Hinsicht. Lyle Strickland war nicht der Erste gewesen, die mich so lange geschlagen hatte, bis ich mir wünschte, der Tod würde mich von den Schmerzen erlösen. Aber er würde verdammt nochmal der Letzte gewesen sein.

Der Dom der Frau band sie los, trug ihren lädierten Körper zu einem Bett und legte sie sanft darauf. Er wollte sie verlassen, als ihre Arme sich zu ihm erhoben und sie stöhnte: „Bitte, Sir."

„Jetzt willst du mich?", fragte ihr Dom. „Ich dachte, du wolltest den anderen Mann."

„Nur dich, Sir. Ich bin nur für dich bestimmt. Bitte nimm mich. Ich gehöre dir."

Wir hatten den Großteil der Show nicht gesehen, aber ich nahm an, sie hatte ihren Dom betrogen und war dabei erwischt worden. Mein Blick fiel auf Mr. S, der mit der Szene nicht zufrieden zu sein schien. Sein Mund bildete eine harte Linie.

Er und ich schienen in einem BDSM-Club fehl am Platz zu sein. Sein Gesichtsausdruck unterschied sich von dem der meisten anderen Männer, die die Show gesehen hatten. Er sah angewidert aus, während die meisten anderen begeistert wirkten. Ich musste zugeben, dass diese bestimmte Szene auch nichts war, was mir gefiel.

Wenn jemand einen betrog, verließ man ihn. Man konnte niemanden mit Schlägen dazu bringen, einen zu lieben. Als ob das im wirklichen Leben jemals funktionieren könnte.

Es war nicht überraschend für mich, als er sich zu mir herabbeugte. „Ich habe ein paar Spielsachen in meinem Hotelzimmer. Was sagst du dazu, dass wir diesen Ort verlassen und dorthin gehen?"

Mein Gehirn erhob Einspruch. *Ähm, hallo, Katana. Du weißt nicht einmal den richtigen Namen dieses Mannes oder sonst irgendetwas, außer dass er auf BDSM steht.*

Ich hob eine Augenbraue und wagte zu fragen: „Denkst du, du könntest dich für mich ausweisen, bevor ich auf dieses Angebot eingehe?"

Ohne zu zögern, zog er sein Portemonnaie aus der Tasche und zeigte mir seinen kalifornischen Führerschein. „Ich bin Nixon Slaughter, Inhaber von Champlain Services in Los Angeles." Er ging noch einen Schritt weiter und drückte mir seine Visitenkarte in die Hand, bevor er sein Portemonnaie wieder wegsteckte. „Das ist meine Nummer. Fühlst du dich jetzt besser bei dem Gedanken, allein mit mir zu sein, Katana Reeves?"

Mit einem Nicken willigte ich in das, was er wollte, ein. „Ich bin jetzt in deinen Händen, Mr. S."

„Ich denke, heute Nacht würde ich gern Meister genannt werden, meine kleine Sklavin." Er stand auf, nahm meine Hand und wir gingen davon.

Nixon

Als wir in die Lobby des Heathman Hotels traten, waren alle Augen auf Katana und mir. Sie hatte einen roten Umhang übergezogen, um ihr verführerisches Negligé zu bedecken, aber wir hatten die Masken anbehalten. Es machte so einfach mehr Spaß.

Mit dem Aufzug fuhren wir zu dem Stockwerk, in dem sich mein Zimmer befand. Die anderen Passagiere schienen zu spüren, dass wir nichts Gutes im Sinn hatten, und hielten geflissentlich Abstand zu uns. Als wir ausstiegen, blieben die anderen drinnen, und wir lachten beide, als wir den Flur entlanggingen.

Ich legte meinen Arm um ihre Schultern und drückte sie sanft. „Denkst du, wir haben sie eingeschüchtert?"

„Scheint so." Katana lächelte und es ließ mein Herz schneller schlagen. Ihr Lächeln war erstaunlich. So hell, brillant und echt. „Sie dachten wohl, sie wären mit ein paar Freaks im Aufzug gelandet."

„Sind sie das nicht auch?", fragte ich grinsend und zog die Schlüsselkarte hervor, um die Tür zu meinem Hotelzimmer zu öffnen.

Ich ließ sie zuerst hineingehen und sie sah sich in dem glamourösen Raum um. „Ich lebe jetzt schon so lange in Portland und war noch nie hier. Dabei ist dieses Hotel so etwas wie ein Schatz der Stadt."

„Das ist es wirklich. Ich übernachte immer hier, wenn ich in Portland bin." Ich schloss die Tür und verriegelte sie hinter uns.

Sie drehte sich um und sah auf die Tür. „Nur damit du es weißt, ich habe das noch nie gemacht."

„Ich dachte, du hättest gesagt, dass du es gemacht hast, es aber schlecht gelaufen ist." Bekam sie kalte Füße? Ich hatte ihr noch gar nichts getan.

Sie zog den Umhang aus und drapierte ihn über die Rückenlehne des Stuhls vor dem kleinen Schreibtisch. „Ich meine, ich bin noch nie mit einem Mann ins Bett gegangen, den ich gerade erst getroffen habe." Sie sah mich an und lächelte schüchtern. „Oder bist du einer dieser BDSM-Typen, die direkt in die Bestrafungsphase gehen und den Sex überspringen wollen?"

Ich zog meine Schuhe aus und fragte mich, was sie über all das dachte. Sie schien ruhig zu sein, aber sie war gerade mit einem Fremden in ein Hotelzimmer gegangen. Sie und ich hatten auf dem Hinweg nichts besprochen und ich hatte ihre Grenzen nicht ausgelotet.

Ich fühlte mich ganz anders als sonst – und ich hatte keine Ahnung, warum sie diese Wirkung auf mich hatte. Aber ich würde mich davon nicht zurückhalten lassen. Katana hatte eine Schönheit an sich, die mich faszinierte. Sie war nicht lange in der Lage, Augenkontakt zu halten. Und als wir auf dem Weg zum Hotel allein auf dem Rücksitz des Autos gewesen waren, hatte sie nur dann gesprochen, wenn ich etwas zu ihr sagte.

Es war fast so, als ob ich wieder ein unerfahrener Teenager wäre und keine Ahnung hatte, was ich tun sollte, und Katana schien die gleiche Reaktion auf mich zu haben. Ich stolperte über meine Worte, als ich versuchte, ihre Frage zu beantworten. „Ich, ähm, gut – mal sehen. Ich komme nicht vom Schlagen, wenn es das ist, was du mich fragst. Und ich würde gern Sex haben, wenn es dir recht ist."

Sie sah zu Boden. „Okay. Ich meine, ich hätte auch gern Sex.

Es ist wirklich lange her, seit ich es getan habe."

„Wie lange, Katana?" Ich zog mein Jackett aus und ging es aufhängen.

„Ein Jahr oder so."

Ich ließ das Jackett auf den Boden fallen und drehte mich um. „Soll das ein Scherz sein?"

Sie schüttelte den Kopf und mein Herz schlug schneller für die junge Frau. „Ungefähr eineinhalb Jahre." Sie sah sich im Raum um und ihre Augen landeten auf dem Minikühlschrank. „Ich nehme nicht an, dass du da drin Alkohol hast, oder doch?"

Ich knöpfte mein Hemd auf und verstand jetzt vollkommen ihr Bedürfnis nach Alkohol. Das arme Ding war nervös. Das konnte ich in Ordnung bringen. „Das ist nicht nötig. Ich weiß, wie du deinen Durst löschen kannst. Leg dich mit dem Rücken auf das Bett. Dein Meister wird seiner kleinen Sklavin Vergnügen bereiten."

„Soll ich mich zuerst ausziehen?" Sie hob einen Fuß an, als sie ihre Hand auf ihre Hüfte stemmte.

„Nein. Tu einfach das, was ich dir gesagt habe." Ich zog mich bis auf meine engen schwarzen Boxershorts aus und ging zu der Seite des Bettes, wo sie sich hinlegte und auf mich wartete. „Schließe deine Augen, Sklavin. Entspanne dich."

Ich hob ihren Fuß an, strich mit meinen Lippen über ihr langes Bein, packte dann den oberen Teil ihres schenkelhohen Netzstrumpfes mit meinen Zähnen und zog ihn bis zu ihrem Knöchel herunter. Dann streifte ich ihr den Highheel ab und entfernte den Strumpf.

Ich strich mit meinen Händen über ihr nacktes Bein und spürte Gänsehaut. Ich machte das Gleiche mit ihrem anderen Bein, bevor ich meinen Körper zwischen ihre Beine legte. Sie war nervös, das konnte ich an ihrem flachen Atem erkennen.

„Eine der Regeln des Clubs ist, dass alle auf Krankheiten untersucht werden und die Frauen für die Verhütung verantwortlich sind." Ich beugte mich vor und blies auf ihr von einem Höschen bedecktes Zentrum. Ihre Essenz strömte bereits durch den dünnen Stoff. „Hast du dich um alles gekümmert, Sklavin?"

„Ja, Meister." Ich sah zu, wie sich ihre Hände auf der Tagesdecke zu Fäusten ballten. Sie war angespannt in Erwartung dessen, was ich vorhatte.

„Du hast nichts zu befürchten. Unser Safeword ist *Rot*. Sag *Gelb*, wenn du dich unwohl fühlst. Verstanden?" Ich blies wieder auf ihr Zentrum.

„Verstanden, Meister." Sie begann zu zittern und ich wusste, dass sie sich Sorgen darüber machte, in was sie hineingeraten war.

Sie wusste nicht, dass sie in mir einen ziemlich guten Mann hatte, der sicherstellen würde, dass sie bekam, wonach sie im Dungeon gesucht hatte. „Ich werde dir dein Höschen herunterreißen und dir deine Kleidung vom Körper schneiden. Aber keine Sorge, am Morgen werde ich dir etwas zum Anziehen bringen lassen. Ich will dich die ganze Nacht lang, Sklavin."

Sie spannte sich noch mehr an, sagte aber nichts. Ich lächelte, weil es mich begeisterte zu wissen, dass sie mir so sehr vertraute, auch wenn sie zu diesem Zeitpunkt absolut keinen Grund dazu hatte.

Mit einer schnellen Bewegung riss ich ihr das Höschen herunter und legte meinen Mund auf ihr warmes Zentrum. Sie stöhnte leise und wurde lauter, als ich ihre Schamlippen küsste. Lippen, die zu lange nicht geküsst worden waren.

Die Geräusche, die sie machte, ließen meinen Schwanz immer härter werden. Ich wusste sofort, dass es schwierig sein würde, mich unter Kontrolle zu halten. Aber ich mochte Herausforderungen, also dachte ich nur daran, ihr Lust zu bereiten und ignorierte meine Erektion. Ich würde bekommen, wonach ich mich sehnte, nachdem sie ein paar Mal für mich gekommen war.

Ich bewegte meine Zunge in sie hinein und kostete ihr dekadentes Aroma. Oh, sie schmeckte wie die Sünde und zugleich wie der Himmel!

So gut sie auch schmeckte – ich musste wissen, ob ein Orgasmus ihren Geschmack noch verbessern würde. Ich zog meine Zunge aus ihr heraus und ging zu ihrer Klitoris, die dreimal so groß war wie zuvor. Ich saugte daran und bewegte dann meine Lippen auf und ab, als sie noch mehr wuchs.

Katanas Stöhnen wurde lauter und sie wölbte sich mir entgegen. Ich konnte hören, wie ihre Fäuste auf das Bett hämmerten und sie wimmerte, als ihr Körper die Kontrolle verlor. Ich war begierig, meine Zunge in sie zu bekommen und zu spüren, wie sich die Muskeln in ihrem Inneren bei ihrem Orgasmus zusammenzogen.

Feuchte Hitze traf meine hungrige Zunge, als ich sie in ihr enges Zentrum schob. Sie spannte sich um mich herum an, als ich sie hin und her bewegte und ihren Körper reizte, noch einmal für mich zu kommen. Ich war hingerissen von allem, was sie mir gab, und wusste, dass ich eine sinnliche Frau ausgewählt hatte. Ich würde ihr eine Nacht schenken, an die sie sich noch sehr lange erinnern würde. Eine Nacht, die sie auch dann noch kommen lassen würde, wenn sie lange Zeit keinen Sex mehr gehabt hatte.

Ich zog meinen Kopf von ihrem nassen Zentrum, um sie anzusehen. Sie sah großartig aus, während sie keuchend die Augen geschlossen hatte. Die Maske war immer noch auf ihrem Gesicht und versteckte sie ein wenig vor mir. Einen Moment lang dachte ich darüber nach, sie ihr abzunehmen. Aber ich schüttelte den Kopf. Die Masken gaben uns Anonymität. Das war Teil des Nervenkitzels – jemanden zu ficken, über den man nicht viele Informationen hatte und der einem im Grunde nichts bedeutete.

Als ich vom Bett aufstand, sah ich, dass ihre wunderschönen

blauen Augen geöffnet waren und mich beobachteten, während ich ein paar Sachen holte. „Danke, Meister. Das habe ich wirklich gebraucht. Du hattest recht. Ich brauche keinen Alkohol, um mich zu entspannen. Du bist sehr gut in dem, was du tust."

„Schön, dass es dir gefallen hat, Sklavin. Jetzt sag mir, wie viel Schmerz du fühlen willst, und ich werde dir das auch geben." Ich zog ein paar meiner Lieblingsspielzeuge aus meinem Koffer und drehte mich mit vier gepolsterten Handschellen um. „Wie wäre es, wenn ich dich damit fixiere?"

Sie setzte sich auf und strich mit ihren Händen über ihre wogenden Brüste. „Ich bin schon lange nicht mehr gefesselt worden. Nach dem, was mir passiert ist, habe ich das nie wieder zugelassen." Mein Gesicht muss meine Enttäuschung gezeigt haben, denn sie fügte schnell hinzu: „Ich vertraue dir, Meister. Ich bin in deinen fähigen Händen und werde alles tun, was du willst." Sie legte sich wieder hin. „Los, fessle mich. Ich gehöre dir und du kannst mit mir spielen."

Mein Schwanz zuckte bei ihren Worten. *Sie gehört mir und ich kann mit ihr spielen?*

Sie war wirklich unwiderstehlich!

Katana

Die einzigen Worte, die ich verwenden könnte, um Nixons Körper zu beschreiben, waren *total durchtrainiert*. Die Wölbung in seiner engen schwarzen Unterwäsche ließ der Fantasie nur wenig Raum. Er war größer als jeder andere Mann, mit dem ich jemals zusammen gewesen war, und mein Zentrum pochte vor Verlangen nach seinem riesigen Schaft.

Das letzte Klicken, das ich hörte, fixierte mich mit gespreizten Armen und Beinen auf dem Bett. Mein Negligé war noch intakt, aber ich wusste, dass das nicht mehr lange so sein würde, als er mit einem Messer in der Hand zu mir zurückkehrte. Das Licht ließ die lange Klinge funkeln und mein Herz schlug schneller vor Angst. Ich schluckte und schloss meine Augen, als ich die kalte Klinge auf meiner Haut spürte.

Ich hörte, wie er den dünnen Stoff, der meinen Körper kaum vor seinen wunderschönen grünen Augen versteckte, durchschnitt. Sobald er ihn vollständig entfernt hatte, fühlte ich, wie er die Spitze des Messers über mich bewegte. Er hielt an einer Brustwarze inne und ich spürte, wie die empfindliche Knospe pulsierte. Ich hatte keine Ahnung gehabt, dass Messerspiele so verlockend und erotisch sein konnten, und immer gedacht, ich hätte viel zu viel Angst, um es überhaupt zu genießen.

Wie sehr ich mich geirrt hatte.

Das Messer wanderte an meiner Seite hinunter und Nixons Mund ersetzte die Klinge an meiner Brustwarze. Er zog mit den Zähnen daran und ich stöhnte, als ein leichter, köstlicher Schmerz durch mich zuckte. Dann leckte er sie, bevor er hineinbiss und mich aufschreien ließ.

Sein Lachen war tief und unheimlich. Er genoss es, mich vor Schmerz aufschreien zu lassen. Die Klinge bewegte sich an meiner Seite auf und ab und rief sowohl Schüttelfrost als auch Hitze in mir hervor. Es wäre so einfach für ihn gewesen, mich mit diesem langen, scharfen Messer zu verletzen, aber das würde er nicht tun. Etwas in mir wusste das einfach.

Nixon zog das Messer über meinen Bauch und dann zu meiner anderen Brust, bis ich seine Schärfe an meiner Brustwarze fühlte. Eine schnelle Bewegung und ich würde sie verlieren. Ich hörte auf zu atmen.

Verdammt, habe ich mich in die Hände eines Mörders begeben?

Sicher, er hatte mir seine Visitenkarte mit seinem Namen und seiner Telefonnummer gegeben, aber was hatte ich davon, wenn ich tot war?

Das Safeword *Rot* tauchte in meinem Gehirn auf, aber bevor ich es sagen konnte, war das Messer weg und sein heißer Mund war auf meiner Brust. Er saugte fest und lange an meiner Brustwarze, und das kalte Messer kam auf meinem Bauch zur Ruhe. Ich stöhnte, als der Schmerz von seinem starken Saugen sich mit Vergnügen tief in meinem Kern mischte. So etwas hatte ich noch nie gespürt. Noch nie hatte jemand mit solcher Heftigkeit und so lange an meiner Brustwarze gesaugt, und der Höhepunkt, der mich überkam, überraschte mich.

„Gott!", schrie ich bei all den Empfindungen. Mein ganzer Körper pulsierte bei einem härteren Orgasmus als ich jemals zuvor gespürt hatte.

Nixons Stimme war leise an meinem Ohr, „Still jetzt, Sklavin. Wir haben gerade erst angefangen."

Mein ganzer Körper zitterte. *Wir hatten gerade erst angefangen?*

Ich hatte schon zwei heftige Orgasmen gehabt und wir hatten gerade erst angefangen?

Hatte ich die Ausdauer, um durch die Nacht zu kommen?

Ich beobachtete ihn, wie er von mir wegging und sein muskulöser Hintern sich bei jedem Schritt bewegte.

Ja, ich kann die Ausdauer finden, um mit ihm durch die Nacht zu kommen!

Meine Arme und Beine sehnten sich danach, sich um seinen muskulösen Körper zu legen, und ohne nachzudenken zerrte ich an meinen Handschellen.

Mein Zentrum pulsierte immer noch von dem Orgasmus und wollte mehr. Es wollte, dass er so tief in mir begraben war, dass es fast unmöglich schien. Ich sehnte mich danach, ihn bis zu meinem Herzen zu spüren. Und ich wollte es jetzt. „Bitte, Meister, nimm mich jetzt." Die Worte kamen als gewimmerte Bitte heraus.

Er blieb stehen und wirbelte herum. Seine Augen waren

plötzlich hart und kalt. „Sagst du deinem Meister, was er tun soll, Sklavin? Das ist Grund für eine Bestrafung – sicher weißt du das."

Das wusste ich nicht. Ich meine, ich dachte, ich hätte es so formuliert, dass es nicht so klang, als würde ich ihm sagen, was er tun sollte, aber ich musste mich geirrt haben.

Er ging zu seinem Koffer und zog einen langen schwarzen Ledergürtel heraus. Ich keuchte, als er auf mich zukam und die Handschellen löste. Ich lag vollkommen still. Er packte mich an der Hüfte und zog mich zu sich, bis ich mit dem Gesicht nach unten auf seinem Schoß lag.

Ein Schlag mit dem Gürtel ließ mich aufheulen und er gab mir drei weitere in schneller Folge. „Wirst du deinem Meister jemals wieder sagen, was er tun soll, Sklavin?"

Ich beobachtete, wie mein Körper auf das Spanking reagierte, und stellte fest, dass er brannte. Im besten Sinne. Mein Zögern, ihm zu antworten, brachte mir drei weitere Hiebe ein und ich stöhnte, als ich spürte, wie ich vor Verlangen noch feuchter wurde.

Ich wollte mehr.

Ich hielt den Mund und er gab mir drei weitere Klapse, bevor er fragte: „Will meine kleine Sklavin bestraft werden?"

„Ja", flüsterte ich. „Mehr. Bitte."

„Wie du möchtest." Er verpasste mir noch drei Schläge, dann griff er unter mich, steckte seinen Finger in mich und fand mich nasser als jemals zuvor in meinem Leben. „Ah, ich verstehe jetzt, warum du so ungehorsam bist." Er stieß seinen Finger in mich und benutzte seine freie Hand, um mir damit noch mehr Klapse auf den Hintern zu geben.

So verrückt das auch klingen mag, erregte es mich unheimlich. Sein Finger bewegte sich immer weiter, während seine andere Hand mich immer wieder schlug. Dann berührte er mit einem Finger meinen G-Punkt – von dem ich nicht einmal sicher war, dass ich ihn hatte, weil weder ein anderer Mann noch ich selbst ihn jemals gefunden hatten. Ich kam sofort zum Orgasmus und weinte vor Erleichterung.

Tränen strömten aus meinen Augen, als mein Körper alles losließ. Die Spannung, die ich wochenlang – vielleicht sogar über Monate oder Jahre – mit mir herumgetragen hatte, schien sich in mir zu verwandeln und durch meine Augen und mein Zentrum aus meinem Körper zu strömen.

Bevor ich wusste, wie mir geschah, hatte er mich auf den Rücken gelegt und meinen Hintern an die Bettkante gezogen. Er ging auf die Knie und leckte mich zwischen den Beinen. Die Geräusche, die aus seiner Kehle drangen, ließen mich denken, dass er noch nie etwas gekostet hatte, das er so genossen hatte.

Warum kann das hier nur eine Nacht dauern?

Ich schüttelte bei diesem Gedanken den Kopf und wischte mir die Tränen ab. Ich durfte nicht über die Zukunft nachdenken. Wer weiß, vielleicht würde er irgendwann für mehr zu mir zurückkehren.

Als er satt war, stand er auf und wischte sich mit dem Handrücken das Kinn ab. „Jetzt bist du dran."

Ich beeilte mich, auf dem Bett auf Hände und Knie zu gehen, und seine Erektion war genau vor meinem Mund. Ich zog seine Unterwäsche von seinem gewaltigen Schwanz und sah, dass er steinhart war.

Ich nahm seinen Schaft in meine Hände, sah mir das schöne Ding an und leckte mir die Lippen, bevor ich mir vorstellte, wie voll mein Mund sein würde. Ich öffnete und schloss ihn ein paar Mal, dehnte meinen Kiefer und leckte dann die Spitze, während ich die Basis umfasste.

Nur das obere Viertel passte in meinen Mund, und ich benutzte meine Hände, um den Rest abzudecken. Nach ein paar Sekunden hatte ich das Bedürfnis, ihm mehr zu geben. Er hatte mir so viel gegeben.

Ich zog meinen Mund von ihm und bemerkte den verwirrten Blick, den er mir zuwarf. Aber er verstand schnell, was ich vorhatte, als ich mich auf den Rücken legte und meinen Kopf über die Bettkante fallen ließ. Er lächelte und steckte seinen Schwanz in meinen Mund. In dieser Position konnte ich ihn ganz in mir aufnehmen, aber er war für die Bewegungen zuständig.

Sein Schwanz glitt tiefer in meinen Mund und traf meine Kehle, sodass ich ein bisschen würgen musste, aber er drückte ihn weiter nach unten. Ich schloss die Augen, als Tränen daraus hervorquollen – nicht weil ich Schmerzen hatte, es war nur eine natürliche Reaktion auf das Würgen. Zuerst bewegte er sich langsam, dann wurde er immer schneller, bis er seine Ladung in meinen Hals schoss.

„Gott!", schrie er, als er seinen Schwanz aus meinem Mund zog. „Fuck!" Er atmete schwer, als er sich keuchend auf das Bett setzte. „Niemand hat das jemals für mich getan. Mir wurde immer gesagt, dass ich zu groß bin."

Ich setzte mich auf und er drehte seinen Kopf, um mich anzusehen. Ich konnte nicht anders als zu lächeln und war außerordentlich zufrieden mit mir. „Du bist nicht zu groß. Du bist genau richtig. Für mich jedenfalls."

Ein Lächeln zog über sein Gesicht und er warf mich auf den Rücken und küsste mich hart. Unsere Aromen vermischten sich und wir stöhnten beide, weil sie so gut zusammenpassten.

Als er mich bestieg, spreizte ich meine Beine für ihn und er rutschte direkt in mich. Sein Schwanz war wieder hart und dehnte mich auf seine Größe. Es brannte und ich stöhnte vor Schmerz. Aber dann fühlte es sich unglaublich an. Er stieß tiefer in mich hinein als jemals zuvor. Unsere Körper arbeiteten mit einer Kraft zusammen, die ich nie gekannt hatte.

Als wir beide gleichzeitig kamen, begegneten sich unsere Augen. Ich spürte alles so intensiv. Er hielt still in mir, als wir versuchten, Atem zu holen. Wir starrten uns nur an. Seine Arme stemmten sich auf beide Seiten neben meinem Kopf und wir keuchten wie Tiere. Ich hatte keine Ahnung, was er dachte. Aber ich hatte meine eigenen Gedanken, auf die ich mich konzentrieren musste.

Das kann nicht real sein!

～

Nixon

Unsere gemeinsame Zeit verging viel zu schnell. Katana und ich taten alles, was mir einfiel, und nicht ein einziges Mal schien sie das Geringste zu befürchten. Obwohl wir Fremde waren, fühlten wir uns so verbunden, als hätten wir uns schon immer gekannt.

Wir hatten nur ein paar Stunden Schlaf, bevor der Fahrer, den ich angeheuert hatte, kommen sollte, um mich zum Flughafen zu bringen, wo ich in den Firmenjet zurück nach L.A steigen würde. Ich hatte Arbeit zu erledigen.

Als ich mich umdrehte, um sie zu wecken, sah ich, dass ihre Maske beim Schlafen von ihrem Gesicht gerutscht war. Meine war noch an Ort und Stelle, aber ich zog sie herunter, während ich Katana anstarrte.

Ihr Gesicht war genauso großartig, wie ich erwartet hatte. Ich hatte ihr dunkles Haar irgendwann in der Nacht aus ihrem Zopf gezogen, und die langen Strähnen waren überall. Sie sah aus wie ein schlafender Engel und ihre Lippen waren geschwollen von all den Küssen, die ich ihr gegeben hatte. Ich schob eine Haarsträhne aus ihrem Gesicht und sie stöhnte leise, bevor ihre Augen aufflatterten.

Ich konnte das Lächeln nicht stoppen, das meinen Mund umspielte – sie sah zu perfekt aus. „Hi."

„Hi", antwortete sie und dehnte sich. Dann hob sie die Hand

und streichelte meine Wange. „Du bist noch schöner ohne die Maske."

„Und du bist noch schöner ohne deine." Ich küsste ihre Wange. „Hast du gut geschlafen?" Bevor sie antworten konnte, zog ich sie in meine Arme und hielt sie auf eine Art und Weise fest wie selten zuvor, besonders nicht bei jemandem, mit dem ich einen One-Night-Stand gehabt hatte.

Sie kuschelte sich an meine Brust. „Du hast mich völlig erschöpft. Ich habe geschlafen wie ein Baby. Nicht einmal zum Träumen hatte ich noch Energie."

Lachend stimmte ich ihr zu: „Wir haben alles gegeben, hm?"

„Das kann man wohl sagen. Ich werde es sicher nicht so schnell vergessen", sagte sie. Dann rollte sie sich von mir herunter und stand auf, um ins Badezimmer zu gehen.

Ich beobachtete ihren runden Hintern und bewunderte die Grübchen auf ihren Hüften, als sie den Raum verließ. Und ich ertappte mich dabei, wie ich seufzte. „Was hast du mit mir gemacht, du kleine Verführerin?"

Der Sex war besser gewesen als alles, an das ich mich erinnern konnte. Sie fühlte sich besser in meinen Armen und unter mir an als jemals eine andere Frau zuvor. Aber es war eine einmalige Sache gewesen.

Sicher, ich könnte sie wahrscheinlich ab und zu anrufen und sehen, ob sie noch eine Nacht mit mir haben wollte, aber das war nicht mein Stil. Ich zog es vor, alles nach einer Nacht zu beenden. So blieb es unkompliziert und das war mein Ziel.

Ich hörte die Dusche und entschied, dass es an der Zeit war, an der Rezeption anzurufen und ihr etwas zum Anziehen für den Heimweg bringen zu lassen. „Hier spricht Rhoda. Was kann ich für Sie tun, Mr. Slaughter?"

„Ich brauche Kleidung in Größe 36." Ich hatte das Etikett ihres Negligés überprüft, um ihre Größe zu ermitteln. Sie hatte rote Highheels, also bestellte ich etwas, das zu ihnen passen würde. „Können Sie ein schwarzes Kleid hochbringen lassen? Etwas Schönes und Teures. Dazu einen passenden BH und Slip." Ich musste die Größe erraten. „Den BH in 75 D. Und wenn Sie eine schöne Halskette finden, dann fügen Sie sie hinzu. Geld spielt keine Rolle. Ich will das Beste von allem. Und bitte schicken Sie es so schnell wie möglich auf mein Zimmer."

„Ja, Sir. Geben Sie mir eine halbe Stunde."

Ich legte auf und ging zum Schrank, um meine Kleidung für den Rückflug nach Hause zu holen. Mein Handy klingelte, und ich ging zurück und stellte fest, dass es keine Nummer auf meiner Kontaktliste war. „Hallo?"

„Hey, ist da Nixon?", fragte mich ein Mann.

„Ja. Wer spricht da?" Ich schaute in den Spiegel auf meine stoppeligen Wangen. *Vielleicht sollte ich meinen Bart wachsen lassen*, dachte ich mir. *Als kleine Erinnerung an letzte Nacht.*

„Owen Cantrell. Du hast mir letzte Nacht deine Karte gegeben. Ich rufe nur an, um zu fragen, ob alles in Ordnung ist. Ich habe dich letzte Nacht aus den Augen verloren und wollte sichergehen, dass du es nach draußen geschafft hast."

„Ähm, ja, alles okay." Ich hatte keine Ahnung, warum er sich wegen so etwas Sorgen machen würde.

Er sagte mir bald, warum. „Das war eine Szene, hm? Ich glaube nicht, dass ich jemals zuvor in meinem Leben mehr Angst gehabt habe."

„Wovor?", fragte ich verwirrt.

„Die Explosionen natürlich", erklärte er mir.

„Explosionen?"

„Ja", fuhr er fort. „Warte, bist du gegangen, bevor das passiert ist?"

„Sieht so aus." Ich ging zurück zum Bett und setzte mich etwas benommen hin. „Also gab es Explosionen? Ist jemand verletzt oder getötet worden?"

„Zum Glück wurde niemand verletzt. Wir haben es alle

geschafft, irgendwie da rauszukommen." Er hielt inne und ich hörte ein schmatzendes Geräusch. „Es tut mir leid. Ich musste meiner Frau einen Kuss geben. Wir hätten uns letzte Nacht fast verloren. Es war furchtbar. Der Dungeon of Decorum scheint am Ende zu sein. Er wurde komplett zerstört."

„Das kann ich nicht glauben", murmelte ich. „Wann ist das passiert?"

„Verdammt, ich kann dir das nicht einmal sagen. Ich konnte bis vor Kurzem nicht klar denken. Ich hatte definitiv einen Schock. Ich denke immer nur daran, wie nah meine Frau und ich dem Tod gekommen sind."

„Wow. Sieht so aus, als hätte ich mehr Glück als Verstand gehabt. Ich bin froh, dass ich jemanden gefunden habe und wir früh gegangen sind." Und ich war auch noch aus anderen Gründen froh darüber.

„Nun, du und ich müssen uns unbedingt treffen, wenn wir wieder in Los Angeles sind. Ich würde dich gern noch vor Silvester sehen. Bis später, Nixon", sagte er und legte dann auf.

Meine Augen flogen zur Badezimmertür, aus der Katana gerade kam. Sie hatte ihren perfekten Körper in ein weiches rosa Handtuch gewickelt. „Habe ich dich mit jemandem reden gehört?"

„Ja", sagte ich, als ich mein Handy auf den Nachttisch legte. „Scheint so, als würden wir nie wieder in den Club zurückkehren."

Ihre dunklen Augenbrauen hoben sich. „Und warum nicht?"

„Er wurde zerstört. Durch Explosionen. Ich kenne nicht die ganze Geschichte. Einer meiner Freunde aus dem Club hat gerade angerufen, um zu fragen, ob ich es geschafft habe." Ich stand auf, ging direkt zu ihr und nahm sie in meine Arme, während ich immer noch nackt wie am Tag meiner Geburt war. „Ich bin so froh, dass ich dich da rausgeholt habe, bevor irgendetwas passiert ist, Katana."

„Mein Gott, Nix. Wir hatten großes Glück, nicht wahr?", fragte sie. Ich spürte, wie ein Schauer sie durchlief, als ihr Körper ein wenig zitterte.

Sie hatte mich Nix genannt. Meine Mutter nannte mich so. Niemand sonst. Ich hatte einen Ruf, der normalerweise Spitznamen verbot. Aber ich liebte, wie er aus ihrem Mund klang.

Ich ließ sie nicht los, als ich sie mit einem Grinsen auf meinem Gesicht ansah. „Nix, hm? Okay, von mir aus. Heißt das, dass ich dich Kat nennen darf?"

Seufzend lächelte sie mich schwach an. „Ich weiß nicht, ob wir uns irgendwie nennen sollten. Wenn wir hier weggehen, ist alles vorbei. Keine Verpflichtungen. Ich erinnere mich, wie es funktioniert. Wir hatten eine heiße Nacht, und das war es. Ich kenne die Regeln. Ich werde dich nicht belästigen."

Sie kann mich jederzeit belästigen.

Ich nickte, weil ich wusste, dass sie im Club etwas unterschrieben hatte, das sie dieses Versprechen halten lassen würde. Aber es hielt mich nicht davon ab, mich deswegen ein bisschen schlecht zu fühlen.

Ich mochte die Frau wirklich. „Du hast meine Nummer, falls du mich brauchst. Nicht dass ich denke, dass du das tun wirst – aber wenn du es tust, hast du sie."

„Ich werde sie nicht benutzen." Sie drehte ihren Kopf. „Dafür sind wir beide nicht in den Club gegangen, richtig? Eine heiße Nacht mit verrücktem Sex ist das, was wir wollten, und wir haben genau das bekommen." Sie schaute mich an und ich sah etwas in ihren blauen Augen schimmern. Ihre Hände bewegten sich meine Arme hoch und umfassten mein Gesicht. „Ich werde die letzte Nacht für immer im Gedächtnis behalten, Nixon Slaughter. Es ist die beste Erinnerung meines Lebens." Sie küsste sanft meine Lippen.

Jetzt war es an mir, einen Schauer zu spüren, und mein Körper bebte einen Moment. Ich zog sie fester an mich und küsste sie auf eine Art und Weise, wie ich es noch nie bei einer One-Night-Stand-Sub gemacht hatte.

Ein Klopfen an der Tür unterbrach das, was sich sicher in eine weitere sexuelle Eskapade verwandelt hätte. Mein Gehirn war dankbar, mein Schwanz nicht. „Das sind deine Kleider. Zieh dich an, während ich dusche. Wage es nicht zu gehen. Ich werde meinem Fahrer sagen, dass er dich nach Hause bringen soll, nachdem er mich zum Flughafen gebracht hat. Ich würde dich zuerst nach Hause fahren lassen, aber ich muss sofort ins Büro, wenn ich wieder in L.A. bin. Die meisten Tage sind Arbeitstage für mich."

„Okay", sagte sie mit einem Lächeln. „Das ist sehr nett von dir."

Nett? War ich nett?

Ich ließ sie los und ging davon, wohl wissend, dass ich nicht ich selbst bei ihr war. Ich war alles andere als nett. In L.A war ich bekannt für meine Distanziertheit und dafür, dass ich nie länger als ein paar Wochen mit jemandem zusammen war. Die meiste Zeit war ich mit meiner Firma beschäftigt. Mir wurde vorgeworfen, bei Verabredungen nachlässig zu sein, Anrufe beim Abendessen anzunehmen, aufzustehen und meine Dates ohne Erklärung sitzenzulassen.

Beim Duschen versuchte ich über meine Geschäfte nachzudenken, um wieder nüchtern zu werden, aber Katana kam mir immer wieder in den Sinn und ich erinnerte mich an ihr süßes Lächeln und ihre heißen Küsse.

Ich musste mich beeilen und die sexy kleine Katana nach Hause bringen. Weg von mir. Ich schien ihr zu verfallen und das konnte ich unmöglich zulassen.

Lies Maskierter Genuss JETZT!

SWANK BUCH DREI
EIN NACHTCLUB ÜBERRASCHUNG EXTRA

Eine Milliardär-Romanze

KAPITEL EINS

Der große Abend war endlich da. Es war Silvester, und August Harlow, Nixon Slaughter und Gannon Forester standen vor dem Haupteingang ihres Nachtclubs und warteten auf die Frauen, in die sie sich verliebt hatten. Alle drei hatten Smokings an und alle drei sahen ultrareich und fantastisch aus.

Swank würde heute das erste mal der Öffentlichkeit präsentiert werden. Nur die Superreichen fanden ihre Namen auf der Gästeliste. Ein Who-is-Who war geladen, und die Paparazzi waren in Scharen erschienen, um Bilder der reichsten Menschen des Planeten zu erhaschen.

Das erste Auto fuhr vor und Tawny Matthews stieg aus. Ihr langes, rotbraunes Haar war zu einem filigranen Turm nach oben gesteckt, der der sexy Hollywoodschauspielerin alle Ehre machte. Ein hautenges Kleid schmiegte sich an ihre Kurven, betonte ihre üppigen Brüste, und der V-Ausschnitt ging gewagt weit nach unten und ließ den Blick frei auf ihren Bauchnabel. Durch einen langen, seitlichen Schlitz, der bis zu ihrer Hüfte reichte, blitzte das Bein durch. Als sie anmutig aus dem Auto glitt und auf ihren Mann August Harlow zuging, beeilten sich die Fotografen ein Bild von ihrem Rücken in dem schneeweißen

Kleid zu bekommen, der durch einen weiteren V-Ausschnitt bis zu ihrem Po sichtbar war.

Highheels trugen sie zu ihrem Mann. Nach einer kurzen Begrüßung mit der anderen Besitzer von Swank gingen Tawny und August in das beeindruckende Gebäude.

Der Nachtklub war opulent – nahezu fantastisch. Ein blaues Licht kam von irgendwoher und erleuchtete auf magische Art und Weise jeden Winkel. Der Eingang war phänomenal. Weiße Steinstatuen waren überall in dem runden Raum verteilt.

„Die sind direkt aus Griechenland." August zeigte zu dem Gang, der zu dem eigentlichen Nachtklub führte. „Warte, bis du das siehst."

Als sie durch die Tür traten, glitzerte rotes Licht auf Wasserfällen, die sich auf beiden Seiten befanden. In der Mitte des großen Raumes schien sich ein Swimmingpool zu befinden. „Man kann hier schwimmen?", fragte Tawny ihn beeindruckt.

„Nein", gluckste er. „Komm." Er führte sie zu dem Pool. „Das Wasser wird von Glas bedeckt. Ist dir nicht aufgefallen, dass du die Wasserfälle nicht hören konntest?"

Sie sah zu den Wasserfällen und dann zu ihm. „Das muss eine Menge Geld gekostet haben."

„Alles hier drin hat viel Geld gekostet." August sah sich stolz in dem großen Raum um. Er war ein Teil des Trios, das ihren Traum von einem Nachtklub zum Leben erweckt hatte, und er war stolz darauf.

Draußen fuhr ein weiteres Auto vor den roten Teppich. Heraus stieg Brooke Forester, Gannons neue Braut. Ihre langen blonden Haare hingen wie ein goldener Vorhang über ihren Rücken. Ein schwarzes Kleid schmiegte sich eng an ihren Oberkörper und um ihre Taille, und der Stoff fiel nach unten zu einem lockeren, weiten Rock. Sexy rote Highheels schmückten ihre Füße, die sie direkt zu Gannon trugen.

Seine Arme schlossen sich um sie, seine Lippen begegneten

ihren und die Blitzlichter der Fotografen leuchteten auf. Nixon trat zur Seite, um nicht auf den Fotos des Paares zu sein. „Whoa", murmelte er, als er beobachtete, wie die beiden sich küssten als ob sie allein wären.

Gannon stellte seine Frau seinem Partner vor. „Nixon Slaughter, darf ich dir die Liebe meines Lebens vorstellen, meinen Schutzengel, Brooke Forester."

Brooke streckte ihre Hand aus, Nixon ergriff sie und hauchte einen Kuss darauf. „Es ist mir eine Freude dich kennenzulernen, Brooke. Du hast diesen Mann ziemlich verändert. Ich habe ihn noch niemals so glücklich gesehen."

Ihre roten Lippen verzogen sich zu einem Lächeln. „Danke. Es freut mich auch dich kennenzulernen. Und er hat mich auch ziemlich verändert."

„Ich will ihr den Klub zeigen bevor die Gäste ankommen", sagte Gannon zu Nixon. „Ist es okay, wenn wir dich allein lassen?"

Nixon gluckste als er den beiden mit einem Winken zu verstehen gab, dass sie gehen sollten. „Ja, das ist okay. Geht ruhig. Ich sehe das Auto, das mein Mädchen bringt."

Das Paar ließ Nixon stehen, er drehte sich um und sah zu, wie der Fahrer das Auto vorfuhr und seine Frau, mit der er erst seit einer Woche verheiratet war, herausstieg. Ihre dunklen Haare waren zu einem hohen Pferdeschwanz gebunden. Auch wenn Katana seit ein paar Monaten schwanger war, war ihr Babybauch so klein, dass man ihn nicht sah, als sie jetzt über den Teppich zu ihm kam.

Sie hatte das burgunderfarbene Kleid gekauft, ohne dass Nixon es bisher gesehen hatte. Er bewunderte, wie es sich an ihren Körper schmiegte. Spaghettiträger liefen über ihre schmalen Schultern. Etwas von ihrer Haut blitzte auf den Seiten des kurzen Kleides hindurch, in denen sich Öffnungen befanden. Nur ein Hauch von einem silbernen Stoff bedeckte ihre

Brüste, bevor der Stoff sich öffnete und ihre kurvige Taille zur Geltung brachte. Ein schmales Stück Stoff ging über die Mitte ihres Rückens und zwischen ihren Brüsten hindurch nach unten.

„Oh, zur Hölle, Baby", knurrte Nixon sanft als sie bei ihm war. „Es wird schwer sein meinen Schwanz heute Nacht in der Hose zu behalten."

„Du siehst auch gut aus, Nix", sagte Katana mit einem sexy Grinsen.

Er zog sie in seine Arme. Sein Mund drückte sich hungrig auf den ihren, und die Blitzlichter leuchteten wieder auf.

Jetzt waren sie alle da. Die große Eröffnung konnte beginnen. Aber würden sie für das, was kommen würde, bereit sein?

Dank Nixon und seiner guten Beziehung zu dem Dungeon of Decorum waren auch eine Anzahl von Doms auf der Gästeliste – und nicht alle von ihnen waren so diskret wie er es war.

Nein, einige von ihnen gingen ziemlich direkt damit um, was sie wollten. Und sie wollten einen weiteren Ort, um ihre dunklen Leidenschaften auszuleben, seit der Dungeon unwiderruflich zerstört worden war.

Ohne das Wissen der drei Geschäftsmänner, die einfach nur einen Nachtklub für die Reichen wollten, waren drei weitere Männer auf dem Weg zum Swank. Alle drei wollten diesen Klub zu einer Lasterhöhle machen – einem Ort, wo man Schreie hörte, einem Ort, wo Herren über Untergebene herrschten.

Und sie würden alles dafür tun, um zu bekommen was sie wollten.

KAPITEL ZWEI

Während der Champagner in Strömen floss, erkundeten die Gäste des Swank die Einrichtung. Öl-Tycoone plauderten mit CEOs aus der ganzen Welt, und wunderschöne Frauen waren überall, in der Hoffnung, den einen Mann zu finden, der ihr Leben für immer verändern würde.

Silvester war eine berüchtigte Nacht, viele Feiernde glaubten, dass sich ihr Leben in dieser Nacht ändern würde – und bei einigen war das auch der Fall, während es bei anderen dasselbe blieb. Eliza Davis war die uneheliche Tochter eines arabischen Prinzen, und ihre Mutter war mit einem bekannten Filmproduzenten verheiratet. Das und ihre Herkunft hatten dafür gesorgt, dass sie auf der Gästeliste stand bei dem, was ein vielversprechender Nachtklub zu werden versprach.

Die junge Frau, die gerade erst 21 geworden war, wusste, dass ihr gehobener Lebensstil in den Händen ihres Stiefvaters lag. Wenn die Ehe ihrer Mutter in die Brüche gehen würde, dann wäre Eliza bettelarm. Und Eliza wusste etwas, das ihr Stiefvater nicht wusste – ihre Mutter hatte eine Affäre. Eliza wusste, dass, wenn er das jemals herausfinden würde, er sie und ihre Mutter sofort vor die Tür setzen würde.

Ihre dunklen Augen glitten durch den Raum auf der Suche nach einem Mann ohne eine Frau an seinem Arm.

Drei Männer standen in der Nähe einer Bar zusammen, und sie schienen den Raum auch nach jemandem abzusuchen. Elizas Blicke trafen diejenigen von einem der Männer. Der große, muskulöse Blonde hob grüßend sein Glas.

Sie hob ihren Cocktail, bevor sie daran nippte. Ihre Augen ruhten auf ihm, und sie war glücklich als sie sah, dass er sich von seinen Freunden verabschiedete und auf sie zukam.

Der Mann musterte ihren Körper und ihre Kurven. Er blieb vor ihr stehen, seine Lippen geschürzt, als er anerkennend nickte. „Gute Formen. Ich muss dem applaudieren. Klein, aber perfekt proportioniert. Ein wirkliches Ausstellungsstück, wenn ich das so sagen darf."

Eliza war nicht daran gewöhnt, dass jemand so offen mit ihr sprach. Fast ihr ganzes Leben lang wurde sie von Menschen abgeschirmt. Da ihr Vater ein Prinz war, war ihr Mutter immer besorgt, dass er eines Tages jemanden schicken würde, der sie einfach mitnahm. Jetzt, da Eliza volljährig war, war ihre Mutter nicht mehr länger besorgt.

„Okay...", sagte sie und verlagerte ihr Gewicht in den turmhohen, nude-farbenen Highheels, die sie trug. Ein dunkelgrünes Kleid bauschte sich um sie. Ihre Mutter hatte es ausgesucht, sie nannte es ein angemessenes Kleid für eine junge Frau, wie sie es war.

„Skylar", sagte der Mann, und seine blauen Augen blitzten als er sich auf die Oberlippe biss.

„Eliza." Sie nippte an ihrem Getränk, in dem vagen Versuch ihre Nerven zu beruhigen, die sie jetzt spürte.

Auch wenn sie sich auf diese Männerjagd vorbereitet hatte, hatte sie keine Ahnung was auf sie zukommen würde. Dieser Mann sah sie mit hungrigen Augen an. Sie hatte angenommen, dass alle Männer Gentlemen seien, die die Dinge langsam und mit Bedacht angingen, so wie auch ihr Stiefvater ihre Mutter umworben hatte.

Aber ihre Augen hingen an einem Mann, der nichts von langsam oder Gentleman sein wusste. Und er bewies das mit seinem ersten Satz. „Also, wollen wir uns eine dunkle Ecke suchen und ficken?"

„Nein!" Eliza schnaubte und drehte sich dann um, um zu gehen. Sie hatte einen Fehler gemacht als sie sich auf ihn fixiert hatte.

Ihre hastige Flucht wurde von einem festen Griff an ihrer Schulter vereitelt. Er ging um sie herum. „Warum bist du dann hier?"

„Nicht dafür." Das halbvolle Glas in ihrer Hand gab ihr etwas, womit sie ihn bewerfen konnte, wenn sie musste. Der Gedanke beruhigte sie etwas. Zumindest war sie nicht ganz hilflos. „Was gibt dir das Recht so etwas zu einer Frau zu sagen, die du nicht einmal kennst?"

Er zuckte mit den Schultern. „Wahrscheinlich, weil es an den Orten, an denen ich mich sonst immer aufhalte, so üblich ist."

„Wohin gehst du denn üblicherweise? Ins Bordell?" Sie hob eine dunkle Augenbraue als sie ihn anstarrte.

Sein Glucksen war tief und mehr als nur ein bisschen arrogant. „Nein. BDSM-Klubs. Meine Freunde und ich sind heute hierher gekommen, um uns diesen Ort hier anzusehen und herauszufinden, ob wir die Besitzer dazu überreden können etwas daraus zu machen, wo wir gleichgesinnte Frauen finden können."

„BDSM?" Sie musste fragen. Sie hatte keine Ahnung wovon er sprach.

„Du hast doch sicher schon davon gehört?" Seine Augen blitzten amüsiert. Die Frau war umwerfend schön – eine wirkliche Schönheit, die etwas Wildes an sich hatte, gemischt mit einem Hauch Aristokratie. Sie war ein Mysterium, in einem Kleid, das von ihrer Großmutter stammen konnte.

Jetzt fühlte sich Eliza beschämt. Ihr beschütztes Leben zeigte sich, und sie wusste es. Sie konnte es auch gleich zugeben. „Ich wurde zu Hause unterrichtet. Meine Mutter hat mir nie erlaubt Freunde zu haben oder auszugehen."

„Hattest du keinen Fernseher?" Das Grinsen auf seinem Gesicht hätte sie eigentlich wütend werden lassen sollen, aber an ihm sah es sexy aus.

„Nicht so wie die meisten Menschen. Meine Mutter ließ mich nur sehen, was sie erlaubte. Alle anderen Kanäle waren gesperrt." Sie verlagerte ihr Gewicht wieder und spielte mit dem Rand ihres Glases.

„Dann bist du wahrscheinlich eine Jungfrau, hm?", fragte er ungeniert.

„Und du bist wahrscheinlich der unhöflichste Mann der Welt!" Sie wirbelte herum, um zu gehen.

Aber was er als nächstes sagte ließ sie innehalten. „Ich frage nur, weil du mich faszinierst, Eliza."

Sie faszinierte ihn? Sie hatte niemals jemanden zuvor fasziniert. Sie drehte sich langsam herum und sah ihn an. Er war groß, breitschultrig, muskulös und hatte blaue Augen. Mit seinem kurzen blonden Haar und den blauen Augen sollte er eigentlich wie ein gewöhnlicher amerikanischer Mann aussehen. Aber das tat er nicht. Denn hinter diesen Augen brannte ein Feuer – ein Feuer, das Eliza sagte, dass dieser Mann sehr gefährlich sein konnte.

...Und das erregte sie. „Würdest du mir von dem BDSM-Ding erzählen? Da ich keine Ahnung habe, was das eigentlich ist."

Er nahm ihre Hand und führte sie an einen kleinen Tisch in einer abgelegenen Ecke. „Sehr gern, Eliza."

KAPITEL DREI

Nixon Slaughter war vertraut mit der Welt des BDSM, und als er ein paar der Männer aus dem Klub, bei dem er einmal ein Mitglied gewesen war, erkannte, begriff er sofort was sie vorhatten. Seine Partner würden sauer sein, wenn sie sahen, wie die drei Männer ihre weiblichen Gäste anbaggerten.

Als gute Gastgeber mischten sich Nixon, August und Gannon genauso unter die Leute wie ihre weiblichen Partner. Nixon hatte sich von dem Schönheitschirurgen, den er im Dungeon of Decorum kennengelernt hatte, in der Nacht getrennt, als er Katana getroffen hatte. Und jetzt hörte er eine Unterhaltung, bei der es ihm eiskalt den Rücken herunterlief.

„Sieh zu, dass du sie irgendwohin bringen kannst, wo ihr allein seid, Skylar. Verhau ihr den Arsch und schau, ob sie es mag."

Nixon wandte sich dem Mann zu, der diese Worte ausgesprochen hatte. „Hi. Nixon Slaughter. Und wer seid ihr?"

„Slaugther, willst du etwa behaupten, dass du dich nicht mehr an uns erinnerst?", fragte einer von ihnen.

„Aus dem Dungeon", sagte ein anderer ganz offen.

„Ah, kein Wunder. Ich habe euch Jungs bisher nur mit

Masken gesehen. Wenn ich mich richtig erinnere, habe ich fünf Mitglieder aus dem Klub eingeladen. Ich habe gerade zwei von ihnen getroffen, also müsst ihr drei Skylar Preston, Luke Sanborn und James McKenzie sein."

Der Blonde nickte. „Ich bin Skylar."

Dann der Mann mit dem dunklen, welligen Haar. „Luke."

Und zu guter Letzt der Mann, der einen glattrasierten Kopf bevorzugte. „Und ich bin James. Schön dich wiederzusehen, Nixon. Es ist schon eine Weile her."

„Das ist es. Ich habe nur Einladungen an die Männer verschickt, die im Gebiet von Los Angeles leben." Nixon steckte seine linke Hand in die Tasche und deutete mit der rechten auf den Nachtklub. „Also, was meint ihr?"

Skylar verschwendete keine Zeit und kam sofort zur Sache. „Ich denke, dieser Ort ist großartig – aber er könnte besser sein. Ich nehme an, du hast keine Privaträume, die du uns zeigen könntest?"

Nixon schüttelte den Kopf. „Das hier ist nicht so eine Einrichtung. Meine Partner und ich wären für so etwas vor einem Jahr wahrscheinlich noch offen gewesen, aber da wir jetzt alle verheiratet sind und Kinder haben, oder auf dem besten Weg sind Kinder zu bekommen, ist es nicht mehr das, wofür wir stehen."

„Warum zur Hölle nicht?" fragte Luke und nahm einen Schluck von seinem Bier.

Nixon lachte als er seinen Kopf schüttelte. „Ich weiß – ihr versteht das nicht. Versteht mich nicht falsch. Meine Frau und ich spielen gern. Aber Hollywood, mit den ganzen Sex-Skandalen, die zur Zeit in der Presse sind, ist nicht der richtige Ort für einen Klub wie wir ihn in Portland hatten."

„Wenn die Leute Verträge wie im Dungeon of Decorum unterschreiben müssten, dann wäre es doch in Ordnung oder?", fragte Skylar.

„Das bezweifle ich. Und ich weiß, dass unsere Frauen ein Problem mit so etwas haben würden." Nixon sah sich um und wandte seinen Blick dann wieder den Männern zu. „Ich habe gehört wie einer von euch etwas davon gesagt hat, jemanden zu einem abgelegenen Ort zu bringen und ihr den Hintern zu versohlen. Ich muss euch bitten das nicht zu tun. Wir wollen hier keinen Ärger, wenn ihr versteht was ich meine."

Skylar knurrte. „Hört sich so an, als ob ihr Jungs eure Eier verloren habt. Wie hast du den Dom in dir dazu gebracht sich hinzulegen und tot zu stellen, Slaughter?"

Nixon mochte es nicht wie der Mann mit ihm redete und ließ es ihn wissen. „Hey. Das ist nicht cool, Kumpel. Ihr Jungs seid alle Single und habt keine Ahnung, was es bedeutet jemanden zu lieben und ihn glücklich machen zu wollen. Meine Frau wäre nicht glücklich, wenn wir das hier in einen BDSM-Klub verwandeln, und ich kann euch garantieren, dass auch die Frauen meiner Partner nicht glücklich darüber wären. Also, seid nett und anständig und spielt nicht den Dom solange ihr euch hier in diesem Klub aufhaltet. Verstanden?"

Die harten Blicke der dominanten Männer hätten einem anderen vielleicht Angst eingejagt, aber nicht Nixon Slaughter. Er straffte seine Schultern, schob sein Kinn vor, und sein unbeirrtes Auftreten sagte ihnen, dass sie sich besser nicht mit ihm anlegen sollten.

Mit einem Nicken gaben die drei ihm zu verstehen, dass sie sich benehmen würden. Aber Nixon wusste nicht, dass sie, sobald er außer Hörweite war, wieder über den Plan redeten, den sie hatten.

„Er steht unter dem Pantoffel", sagte Skylar. Die anderen zwei nickten zustimmend.

James deutete auf ein anderes Mauerblümchen, das jung und unschuldig aussah. „Die dort drüben sieht aus als ob sie sich nicht sicher darüber ist, ob sie nun kommt oder geht. Sie könnte eine weitere perfekte Sub sein."

Luke sah sich um und erblickte weitere mögliche Kandidatinnen. „Vielleicht können wir irgendetwas machen. Vielleicht unseren eigenen Klub."

„Du hast ja keine Ahnung wie schwer das ist, Luke." James setzte sich an einen Tisch, und die anderen gesellten sich zu ihm. „Da gibt es so viele bürokratische Hürden. Es hat Jahre gedauert bevor das Dungeon zu dem geworden ist, was es war bevor es zerstört wurde."

Skylar sah sich um und starrte zu August und Gannon. „Wenn diese Typen nicht solche Angsthasen wären, dann könnten wir es schon hier in Los Angeles haben."

„Um fair zu sein, wir haben noch nicht mit den anderen beiden Männern gesprochen, die dieses feine Etablissement besitzen", erinnerte ihn James.

Am anderen Ende des Raumes stand August und hatte seine Arme um seine Frau geschlungen. Gannon hielt seine junge Frau fest, als ob er Angst hätte sie zu verlieren. Nixon und seine Frau hatten sich gerade lange genug getrennt, damit sie auf die Toilette gehen konnte. Als sie wieder zurück war schloss Nixon sie sicher in seine Arme.

Die Männer wussten, dass sie mit den anderen nicht zu reden brauchten solange deren Frauen in der Nähe waren. Also entwarfen sie einen Plan, um den Besitzern zu zeigen, dass es hier noch andere Frauen gab, die dasselbe wollten wie sie.

KAPITEL VIER

Eliza sah Skylar quer über den Raum hinweg an. Er hatte ihr Dinge erzählt, die ihre Leidenschaft entfacht hatten. Sie wusste, dass es verkehrt war sich so von einem Mann angezogen zu fühlen, der nichts anderes wollte als ihr Fleisch zu quälen, sie mit aller Macht zu ficken und ihr dann Geld dafür zu geben.

Skylar hatte ihr 50.000 Dollar angeboten, wenn sie sich damit einverstanden erklärte die Nacht mit ihm zu verbringen. Nur eine Nacht, in der er alles mit ihr tun konnte, was er wollte, und sie würde eine ordentliche Summe haben, um ihr Bankkonto zu füllen.

Sie hatte natürlich abgelehnt. Sie war keine Prostituierte.

Aber auf der Toilette fragte sie sich, ob sie sich nicht wie ein Kleinkind verhielt. Sie kam aus der Toilette und wusch sich die Hände. Eine wunderschöne Frau in einem hautengen Kleid zog ihre vollen Lippen nach.

„Hi", sagte die Frau, die ein bisschen älter als Eliza war, nachdem sie ihren Lippenstift in ihre winzige Handtasche gesteckt hatte, die sie am Handgelenk trug. „Du bist doch die Frau, mit der Skylar geredet hat. Ich habe euch beide an einem Tisch sitzen sehen. Also hat er dich auch gefragt?"

Eliza war von ihrer Frage verwirrt. „Er hat dich auch gefragt?"

Die Frau strich ihr glänzendes dunkles Haar zurück. Ihre Augen waren dunkel, und Eliza wusste, dass Skylar einen bestimmten Typ hatte, den er mochte – oder mit dem er gern spielte.

„Er hat mich gefragt, ob ich an BDSM interessiert bin, was ich nicht bin. Wenn mich jemand schlägt, dann schlage ich zurück." Sie lächelte Eliza an. „Stephanie Quaker."

„Eliza Springs." Sie wusch sich die Hände und dachte darüber nach, was Skylar ihr erzählt hatte. „Hat er dir gesagt wie sinnlich es sein kann?"

„Das hat er." Stephanie schüttelte ihren Kopf. „Verrate mir bitte, was sinnlich daran ist den Hintern versohlt zu bekommen bis man weint."

„Nein, er sagte man braucht nicht so weit zu gehen, außer wenn die Frau es wirklich will und ihren Dom darum bittet, sie so weit zu bringen. Er sagte, dass der Dom und die Sub sich auf alles verständigen müssen. Aber dass die Sub totales Vertrauen in den Dom haben muss und ihm die Möglichkeit geben muss ihr zu zeigen, was er für sie tun kann." Eliza sah nach unten, bevor sie ein Papiertuch nahm, um sich die Hände abzutrocknen. „Bin ich ein Freak? Denn das, was er mir erzählt hat, hat mich tatsächlich erregt."

„Ich verurteile Menschen nicht." Stephanie klopfte ihr auf die Schulter. „Wenn du es versuchen willst, dann tu es. Wenn nicht, dann nicht. Er ist ein heißer Typ. Ich stehe nur nicht auf Schmerz."

Die Tür öffnete sich und Katana kam zum fünften Mal in dieser Nach herein. „Entschuldigt, Ladies. Schwangere Frau mit kleiner Blase muss mal wieder."

Sie ging direkt zu der nächsten Kabine und erleichterte sich, während die Frauen ihre Unterhaltung fortführten. „Ich wurde niemals geschlagen", gestand Eliza. „Nicht einmal zur Strafe. Ich habe keine Ahnung wie sich das anfühlt."

„Es sticht." Stephanie warf einen prüfenden Blick auf ihr Spiegelbild. „Und ich finde es erniedrigend. Kein Mann wird mich über seinen Schoß legen und mir den Hintern versohlen – das kann ich dir versichern. Ich habe Skylar fast meinen teuren Alkohol ins Gesicht geschüttet, als er zu mir kam und sagte: 'Ich habe Handschellen in meiner Tasche, Nippelklemmen in der Hand und einen Schwanz, den du die ganze Nacht reiten kannst, wenn ich dir deinen Hintern versohlen darf.' Verdammter, kranker Bastard!"

Eliza nickte, und Stephanie verließ die Toilette. Aber bevor Eliza ihr folgen konnte, kam Katana aus ihrer Kabine. „Hat dich jemand darum gebeten etwas zu tun, was du nicht tun willst?"

Eliza schüttelte ihren Kopf. „Nein. Um ehrlich zu sein... was er gesagt hat, hat mich heiß gemacht. Aber jetzt frage ich mich, ob mit mir etwas nicht stimmt, weil ich von dem, was er gesagt hat, heiß werde. Offensichtlich hat die Frau, die gerade gegangen ist, gedacht, dass das, was er tun will vollkommen krank ist."

Katana wusch ihre Hände. „Jedem das seine, wie ich immer sage. Ich selber mag ein paar Schläge." Sie drehte sich zu der jungen Frau um während sie ihre Hände trocknete. „Du bist jung – ich würde sagen kaum über 20 – und du hast diesen unschuldigen Ausdruck in deinen Augen. Wenn du einen Rat haben möchtest, dann würde ich sagen: Falls du noch Jungfrau bist, warte auf die Liebe. Ich wünschte ich hätte das getan. Wenn nicht, dann schadet es nichts ein bisschen auszuprobieren. Herauszufinden was du magst und was nicht."

„Das ist ein guter Rat. Und ja, ich bin Jungfrau." Eliza entschloss sich in dem Moment diesem gefährlichen Mann eine Absage zu erteilen. „Ich glaube, ich halte mich von dem Typen fern, der ein paar BDSM-Spiele mit mir spielen will."

„Wunderbar. Tu, was du tun willst. Lass dich nicht von irgendjemandem unter Druck setzen. Wenn dich jemand anbaggert, mit dem du lieber nichts zu tun haben willst, dann sag ihm, dass du nicht interessiert bist und geh weg. Wenn ein Mann dich anfasst und du es nicht willst, dann kannst du ihm auch auf die Hand hauen und ihn wissen lassen, dass das nicht okay für dich ist. Es gibt niemals einen Grund ein Opfer zu sein. Auch wenn der Mann in seiner Position höher steht als du, hab niemals Angst davor Nein zu sagen und wegzugehen." Katana lächelte Eliza an und flüsterte: „Aber wenn du die dunklere Welt erforschen möchtest, dann informiere dich darüber, bevor du es tust, und suche dir einen Dom, dem du vertrauen kannst. Um ehrlich zu sein, wenn dich hier irgendein Mann mit so etwas einfangen will, dann halte dich von ihm fern. Er hält sich nicht an das Protokoll und das bedeutet, dass er höchstwahrscheinlich auch den Regeln im Playroom nicht folgen wird."

Sie verließen gemeinsam die Toilette, und Eliza sah Skylar sofort. „Das ist er – der blonde Wikingergott an der Bar."

„Gut zu wissen", sagte Katana als sie den Mann musterte. „Tschüss jetzt. Ich wünsche dir noch einen schönen Abend, und versuch, dich von dem Mann fernzuhalten bis wir uns um ihn gekümmert haben." Ihr fielen die beiden anderen Männer auf, die neben ihm standen. „Und auch von seinen Freunden. Das hier ist nicht diese Art von Klub."

KAPITEL FÜNF

Katana ging direkt zu ihrem Ehemann und berichtete ihm, was das junge Mädchen ihr erzählt hatte. Nixon war nicht glücklich darüber, was er zu hören bekam. „Verdammt. Ich habe ihnen gesagt, dass sie das hier drin nicht tun sollen. Kannst du dir vorstellen was passiert, wenn die Leute anfangen darüber zu sprechen, wie die Männer hier Frauen mit BDSM-Scheiße belagern?" Nixon fuhr sich mit der Hand durch seine Haare, sah sich im Raum um und beobachtete, wie die drei Männer diversen Frauen nachstellten.

„Sie scheinen nicht zu wissen wie man sich in der Öffentlichkeit benimmt." Katana trommelte mit ihren Fingernägeln auf der Bar. „Vielleicht brauchen sie ja eine Lektion. Was meinst du, Nix? Wollen wir ihnen eine erteilen?"

„Ja, das werde ich. Bist du dabei?" fragte er seine Frau.

„Ja." Sie nahm seine Hand und ließ sich von ihm dorthin führen, wo die drei Männer mit verschiedenen Frauen sprachen. „Hey Jungs, meine Frau und ich haben euch einen Vorschlag zu machen."

Sie ließen die anderen Frauen, die alle einen schockierten Ausdruck im Gesicht hatten – der den Männern aber nicht aufzufallen schien – ohne zu zögern stehen. Skylar, James und Luke folgten Nixon und Katana in ein Hinterzimmer. Das Büro des Managers war leer, der Mann war damit beschäftigt die Gäste zu begrüßen und sicherzustellen, dass die Veranstaltung reibungslos verlief.

Der letzte, der eintrat, war Nixon, und er sah die Männer an, nachdem er die Tür verschlossen hatte. „Ihr scheint euch zur Aufgabe gemacht zu haben die Einführung meines Klubs in L.A. zu sabotieren, und ich finde das nicht gut. Und nachdem ich euch beobachtet habe, kann ich auch sagen, dass keiner von euch ein wirklicher Dom ist, denn ihr scheint euch nicht kontrollieren zu können. Ganz zu schweigen davon, dass ihr euch auf eine Frau einlassen könntet, um herauszufinden, was das Beste für sie ist."

„Wer glaubst du denn, wer du bist, uns zu sagen, was wir sind und was nicht?" fragte Skylar. Seine Arroganz kannte keine Grenzen – Nixon konnte das klar erkennen.

„Ich bin der Mann, der euch dabei hilft sicher aus dem Klub zu kommen, bevor euch eine der Frauen, die ihr sexuell belästigt, anzeigt." Nixon sah seine Frau an. „Würdest du diesen Männern bitte erläutern was passieren kann, falls sich jemand dazu entschließen sollte, Liebling?"

Luke hob seine Hand. „Ich brauche keine Frau, die mir irgendetwas erzählt. Ich sage den Frauen was sie tun sollen, und nicht andersherum."

„Dann bist du kein wirklicher Dom", stellte Katana fest. „Ein richtiger Dom hört auf seine Sub. Er erfährt Dinge von ihr, die niemand sonst je erfahren hat. Und erst, wenn er alles über ihre Bedürfnisse und Wünsche weiß, fängt er an herauszufinden, ob das, was er annimmt, wirklich das Beste für sie ist."

„Wie romantisch", sagte Skylar sarkastisch. „Das ist nicht, was BDSM ist. Beim BDSM geht es darum deine Macht als Mann zu zeigen. Es geht darum, dir das von einer Frau zu nehmen, was du willst. Vielleicht ist ihr das am Anfang nicht klar, aber später schon – und sie wird lernen, dass nur der Mann ihre Bedürfnisse befriedigen kann. Du hast nichts davon verstanden. Und, ehrlich gesagt, verschwendet ihr zwei unsere Zeit. Ich plane, noch vor Mitternacht eine Frau dazu zu bringen das zu tun, was ich will."

„Nun, das wirst du hier nicht bekommen." Die drei beobachteten, wie Nixon sein Telefon nahm und die Sicherheitsleute anrief, um sie hinauszubegleiten. „Versteht ihr – wir respektieren unsere Frauen hier – und wir erlauben es unseren Gästen nicht, sie respektlos zu behandeln."

„Respekt?" sagte James laut lachend. „Ihr Jungs seid solche Weicheier, die sich von ihren Frauen wie Hunde an der Leine herumführen lassen."

Katana warf Nixon einen schnellen Blick zu, und er nickte. Sie stellte sich vor Nixon, kniete sich hin und brachte ihren Kopf in eine unterwürfige Position.

Nixon sah die Männer an. „Sieht das aus, als würde ich mich von irgendjemandem herumführen lassen?"

„Das ist ein Schauspiel. Sie hält die Schlüssel in der Hand. Das kann jeder sehen." Luke schnaubte angewidert.

„Meine Frau kniet, weil sie mich respektiert. Wollt ihr wissen, warum sie mich respektiert?" fragte Nixon während ihn die drei Männer angewidert anschauten. „Weil ich sie dazu bringe mich zu respektieren."

„Sicher tust du das." Skylar schritt durch den Raum wie ein Pfau. „Ich sorge dafür, dass die Schlampen mich respektieren, weil sie keine andere Wahl haben. Wenn ich sage, sie soll mir einen blasen, dann kniet sich die Schlampe besser schnell hin, um es zu tun."

Nixon blickte nach unten und sah wie Katana ihre Augen rollte. „Ja, ich weiß, Baby." Er wandte seine Aufmerksamkeit wieder den Männern vor sich zu. „Ihr drei werdet niemals Doms sein. Ihr werdet höchstwahrscheinlich im Gefängnis enden oder zumindest verklagt werden. Man muss großen Respekt haben, wenn man ein Dom sein will. Ich rate euch, einmal etwas nachzuforschen – holt euch einen wirklichen Dom, der es euch beibringt. Ihr Jungs seid nur ein paar Arschlöcher, und das ist alles, was ihr jemals sein werdet, wenn ihr nicht mit dem aufhört, was ihr tut."

Die Sicherheitsleute waren da und brachten die Männer zur Hintertür. Nixon sah seine Frau an, die immer noch kniete. „Du kannst aufstehen, meine kleine Liebessklavin."

Sie stand auf und ergriff seine ausgestreckte Hand. „Du hast versucht es ihnen zu erklären, Nix. Ich bezweifle allerdings, dass diese Arschlöcher zugehört haben. Aber zumindest hast du es versucht, und du hast sie hier raus geschafft."

Nixon zog seine Frau zu sich in die Arme und küsste sie sanft auf ihre süßen Lippen. „Solche Männer machen mich krank. Sie haben keine Ahnung, um was es eigentlich dabei geht. Sie sind die Menschen, wegen denen BDSM einen schlechten Ruf hat."

Katana schlang ihre Arme um den Hals ihres Ehemanns und erwiderte seinen Kuss. Nachdem sie die Unruhestifter erfolgreich vertrieben hatten, gingen sie wieder in den Klub und gesellten sich zu den Menschen, als die Uhr gerade Mitternacht schlug, es Konfetti regnete und sich alle gegenseitig küssten und lachten – in der letzten Minute, bevor das neue Jahr offiziell begann.

Ende

Hat Dir dieses Buch gefallen? Dann wirst Du Nachtclub Überraschung LIEBEN.

Ein Vollmond, eine letzte Chance und eine heiße Nacht feuriger Leidenschaft ...

Er war der heiße Typ, der schon so lange neben mir wohnte, wie ich mich erinnern konnte.
Ich war die Highschool-Absolventin, die gerade 18 geworden war.
Er war auf dem Weg aus unserer kleinen Stadt, um ein Marine zu werden.
Ich war noch Jungfrau und hatte das Glück, das letzte Mädchen zu sein, das er sah, bevor er am nächsten Morgen in den Krieg zog.
Sanfte Liebkosungen, seidige Küsse und zärtliches Flüstern brachten mich an einen Ort, an dem ich nie zuvor gewesen war.
Ich wusste, dass er der Einzige war, der mich jemals wieder an diesen Ort reiner Glückseligkeit bringen konnte, aber er musste gehen. Eine Nacht unverfälschter, sündiger, lustvoller Leidenschaft war alles, was für uns in den Sternen stand.
Sieben Jahre vergingen, bis ich ihn wiedersah. Mein Körper reagierte sofort auf ihn und Feuer flammte in meinem Herzen auf. Aber jetzt war ich die Mutter eines kleinen Jungen.
Und jetzt war er ein Mann mit vielen schlechten Erinnerungen, die seine arme Seele quälten und ihn auf eine Weise gebrochen hatten, die niemals wieder geheilt werden konnte.
Konnte die Liebe so große Hindernisse überwinden oder würde der Krieg ein weiteres Opfer fordern, so dass ich wieder allein zurückblieb?

Lies Nachtclub Überraschung JETZT!

VORSCHAU - KAPITEL 1

Lies Nachtclub Überraschung JETZT!

Rauch zeichnete sich über den fernen Hügeln ab. Die Waldbrände tobten seit drei Tagen in Big Bear. Mein Büro in der Innenstadt von Los Angeles war in Sicherheit, jedenfalls behaupteten das die Behörden. Mein Anwesen in Hidden Hills, einem Vorort von L.A., war vorerst ebenfalls nicht gefährdet.

Ich entfernte mich vom Fenster, versuchte, die Bilder von Feuersbrünsten aus meinem Kopf zu verdrängen, und ging zu meinem Schreibtisch, als mein Handy klingelte. Der Name meiner Schwester blitzte auf dem Bildschirm meines iPhones auf. „Wie kann ich dir heute behilflich sein, große Schwester?" Leila hatte sechs Kinder, einen Ehemann, der die meiste Zeit auswärts arbeitete, und eine Karriere als Star-Friseurin, die sie mehr als beschäftigt hielt. Also wandte sie sich häufig an mich, wenn sie Hilfe mit ihren vielen Kindern brauchte.

„Was lässt dich denken, dass es darum geht, August?" Sarkasmus füllte ihre Stimme. „Vielleicht rufe ich nur an, um Hallo zu sagen und zu fragen, wie dein Tag war."

„Natürlich." Ich lachte leise. „Mein Tag war relativ ereignislos. Gott sei Dank. Vielen Dank der Nachfrage. Ich gehe davon aus, dass dein Tag so verlaufen ist wie sonst auch. Hektisch."

„Stimmt. Hättest du Zeit, zum *California Science Center* zu fahren und deinen Neffen für mich abzuholen? Gino hat Autoverbot und darf den Wagen, den du ihm letzte Woche so großzügig zum 16. Geburtstag geschenkt hast, nicht benutzen."

„Schon?" Ich ließ mich auf meinen Bürostuhl fallen und strich mir mit der Hand durchs Haar. Der Junge hatte mir versprochen, dass er mit dem brandneuen Chevy Camaro vorsichtig umgehen würde. „Was hat er getan?"

„Er ist mitten in der Nacht damit verschwunden, ist um sieben Uhr morgens zurückgekommen und hat so getan, als wäre er nur kurz weggewesen, um uns allen ein paar Donuts zu besorgen. Allerdings hat der Trottel vergessen, tatsächlich Donuts zu kaufen, was mich und seinen Vater wissen ließ, dass er heimlich unterwegs war und dabei nichts Gutes im Sinn hatte." Sie seufzte schwer. „Er ist der Drittälteste, August. Ich habe noch drei jüngere Kinder, die bald nervige Teenager sein werden. Meine Zukunft sieht mit jedem Tag düsterer und hoffnungsloser aus."

„Komm schon, du bist eine großartige Mutter, und du weißt es." Ich stand auf und ging zur Tür. Wie ich meine Schwester kannte, hatte sie diesen Anruf bis zur letzten Minute herausgezögert und der Junge wartete schon darauf, abgeholt zu werden. „Ich fahre jetzt los."

„Danke, lieber Bruder. Ich muss heute einer besonders zickigen Kundin die Haare färben und freue mich nicht wirklich darauf." Sie seufzte erneut, was sie generell viel zu oft tat.

„Du musst nicht arbeiten, Leila. Der Job deines Mannes würde euch ein mehr als komfortables Leben ermöglichen. Warum setzt du dich so unter Druck? Du hast sechs Kinder, um die du dich kümmern musst." Ich hielt meine Autoschlüssel in der Hand drückte den Knopf, um meinen BMW aufzuschließen.

„August, ich habe dir das schon hundertmal gesagt, aber ich sage es gerne noch einmal. Ich arbeite, um jeden Tag ein paar Stunden von der Rolle der Mutter und Ehefrau wegzukommen. Ich weiß, dass du das nicht verstehst. Das liegt daran, dass du Single und kinderlos bist." Sie hielt einen Moment inne und schien das Telefon vom Ohr zu nehmen. „Ich muss gehen. Das Gefolge ist eingetroffen und die Königin wird bald folgen – nachdem Fliederöle versprüht und Rosenblätter verstreut worden sind, natürlich."

„Natürlich", wiederholte ich. „Ich werde mit Gino reden, wenn ich ihn nach Hause bringe. Eine Moralpredigt seines weisen, alten Onkels wird ihm nicht schaden."

„Gut. Zieh ihm schön die Ohren lang, kleiner Bruder. Bis bald. Und danke."

„Bye." Ich beendete den Anruf und startete das Auto.

Der Verkehr war um ein Uhr nachmittags, als ich mich auf den Weg zum *Science Center* machte, nicht besonders dicht. Als ich dort ankam und hineinging, fand ich Gino bei der Arbeit vor. „Hey, Onkel August! Cool, Mom hat dich geschickt, um mich abzuholen."

„Ja, das hat sie getan, du kleiner Rebell." Meine Faust traf seinen dünnen Bizeps und ließ ihn zusammenzucken. „Das war nicht einmal ein richtiger Schlag, Weichei. Also, warum arbeitest du an einem Schultag und wann hast du Feierabend?"

„Ich gehe nur vier Tage pro Woche zur Schule, hast du das vergessen, Onkel? Keine Schule am Freitag für mich. Und ich höre in einer halben Stunde auf." Er zuckte mit den Schultern. „Kannst du auf mich warten?"

„Ich denke schon." Als ich mich umsah, fand ich alle möglichen Dinge, die mich interessieren könnten. „Ich werde mich ein wenig umsehen. Ich war noch nie hier. Es sieht cool aus."

„Ja, das ist es auch. Viele Reisegruppen kommen hierher.

Und Kinder jeden Alters machen Schulausflüge zu uns." Er nahm seinen Besen und ging wieder an die Arbeit.

Das Space-Shuttle *Endeavour* hing an den Deckenbalken und erregte meine Aufmerksamkeit. Es schien das Interesse vieler Leute zu wecken, da mehrere Gruppen darum herumstanden und ich es trotz seiner gewaltigen Größe kaum sehen konnte.

Ich stand hinter einer Gruppe Kinder und entdeckte einen kleinen Jungen, der mir bekannt vorkam. Keine Ahnung warum, denn ich kannte keine kleinen Kinder, aber etwas an ihm machte mich neugieriger als das riesige Raumschiff über uns.

Er kicherte mit ein paar anderen Jungen. Dann wandte er sich mir zu und ich sah, dass seine Augen wie meine eigenen haselnussbraun waren. Und seine Haare hatten den gleichen Braunton wie meine.

Das ist verrückt ...

„Mama!", rief er mit aufgeregter Stimme, als sich eine Frau an mir vorbeibewegte. Unsere Arme berührten sich nur den Bruchteil einer Sekunde, aber der elektrische Schlag, der mit dieser Berührung einherging, pulsierte durch meinen ganzen Körper.

„Calum!", erwiderte die kurvige Rothaarige, die gerade meinen Körper geschockt hatte. Sie hob den Jungen hoch und umarmte ihn, und ich konnte nur ihren spektakulären Hintern anstarren.

Wow!

„Ich dachte nicht, dass du kommst, Mama", sagte der Junge, der sich an sie klammerte.

„Ich wollte deine allererste Exkursion nicht verpassen." Sie setzte ihn ab, nahm seine Hand und drehte sich dann zur Seite, um zu dem Space-Shuttle aufzuschauen.

Ihr Profil war hübsch. Ihre Nase wurde am Ende ein bisschen höher und ihre rosa Lippen waren voll. Die Art und Weise, wie die Blue Jeans ihre kurvigen Hüften umarmte und der hellbeige Pullover ihre üppigen Brüste umschloss, verzauberte mich – und meinen Schwanz, der in meiner Hose zuckte. Sie drehte sich um, betrachtete alles, was uns umgab, und ich sah endlich ihr ganzes Gesicht.

Tawny Matthews!

Mein Puls raste und mein Körper wurde heiß. Das Gefühl war mir vertraut – es war genauso, wie sie immer auf mich gewirkt hatte, von dem Moment an, als sie von einem schlaksigen Mädchen zu einem kurvigen Teenie-Traum geworden war. Aber es war mehr als nur körperliche Anziehung mit ihr. Tawny hatte seit langer Zeit einen Platz in meinem Herzen.

Unwillkürlich kehrten Erinnerungen daran zurück, was vor sieben Jahren passiert war ...

Der Vollmond hing tief am Nachthimmel, als ich aus dem Fenster der Hintertür meines Elternhauses schaute – ein Haus, das ich am Morgen verlassen würde. Reiseziel San Diego. Bootcamp. Nach meinem College-Abschluss in Ingenieurswissenschaften hatte ich mich bei den Marines verpflichtet, um meinen Beitrag im Krieg zu leisten. Mit 21 Jahren würde zum ersten Mal mein Leben in Gefahr sein.

Es war schon Mitternacht, aber ich konnte nicht einschlafen. Ich war auf der Suche nach einem Glas Milch in die Küche gegangen und hoffte, dass es mir helfen würde, mich zu entspannen und ein wenig zu schlafen, bevor ich um sechs Uhr morgens nach San Diego fahren musste. Der Mond zog mich ans Fenster, wo ich etwas entdeckte, das mich mein Glas Milch augenblicklich vergessen ließ. Das Mädchen von nebenan lag draußen in einem Liegestuhl.

Wir hatten nur niedrige Zäune in unserer Nachbarschaft. Die kleine Stadt Sebastopol in Kalifornien war kein Ort, an dem man sich vor seinen Nachbarn versteckte. Und eine meiner

Nachbarinnen war Tawny Matthews, die kürzlich die Highschool abgeschlossen hatte und erst vor ein paar Wochen 18 geworden war, wenn ich mich richtig erinnerte. Sie hatte ihre Augen auf den Himmel gerichtet und betrachtete den Mond.

Musik schwebte durch die Brise, als ich die Hintertür öffnete. Der Klang war hell, luftig und romantisch. Etwas in mir regte sich.

Tawny war hübsch. Das hatte ich immer gedacht. Wir wohnten schon ewig nebeneinander. Als wir noch sehr klein waren, spielten wir zusammen im Garten und liebten es, einen Ball über den Zaun zu werfen, der unsere Grundstücke trennte.

Aber nachdem ich die Grundschule verlassen hatte, verloren wir die Freundschaft, die wir gehabt hatten. Ich kam in die Pubertät, während Tawny noch ein kleines Mädchen mit Zöpfen und Puppen war. Meine Aufmerksamkeit galt den Mädchen meines Alters. Tawny rückte in den Hintergrund, was ich nicht wirklich bemerkte, bis sie anfing, sich auf eine Weise zu entwickeln, die mein Interesse weckte.

Aber wir waren vier Jahre auseinander und sie war damals zu jung für mich. Als Oberstufenschüler in der Highschool konnte ich definitiv nicht mit einem Mädchen aus der achten Klasse zusammen sein. Aber das hielt mich nicht davon ab zu bemerken, wie attraktiv sie geworden war. Also ging ich bewusst auf Abstand zu ihr.

Aber jetzt, da sie 18 geworden war, war sie nicht mehr so jung.

Wie eine Motte zur Flamme wurde ich zu ihr hingezogen. Ich trat in die Nacht hinaus. „Hey."

Sie lächelte mich an. „Hey."

Ich schob meine Hände in die Taschen meiner Jeans und wippte auf meinen nackten Füßen hin und her. „Du bist noch spät wach."

Sie kaute auf ihrer Unterlippe, während sie mich mit ihren

hübschen grünen Augen musterte. Mein T-Shirt war schwarz und eng und betonte meine Brustmuskeln und meinen Bizeps. Ich hatte hart gearbeitet, um meinen Körper in exzellente Form zu bringen, damit ich im Bootcamp mithalten konnte. „Du auch."

Die Art, wie sie mich beäugte, ließ mich denken, dass sie sich vielleicht mehr für mich interessierte, als ich jemals geahnt hatte. „Möchtest du Gesellschaft?"

Ihre vollen rosa Lippen hoben sich an einer Seite. „Warum? Möchtest du denn Gesellschaft?"

Alles an ihr sagte mir, dass sie auf mich stand, also ging ich durch das Tor, das unsere Gärten trennte, und setzte mich auf den Liegestuhl neben ihrem. „Ehrlich gesagt ja. Ich fahre morgen früh zum Bootcamp und meine Gedanken sind ein einziges Durcheinander."

Ihre Lippen bildeten eine gerade Linie, als sie mir in die Augen sah. „Also gehst du wirklich?"

Mit einem Nicken fuhr ich fort: „Ich habe keine Angst davor, in diesem Krieg zu kämpfen. Aber ich habe Angst davor, nie wieder mein Zuhause zu sehen."

Bei meinen Worten blickte sie auf den aufgehenden Mond. „Ich weiß nicht, ob es dir hilft, aber ich denke, dass du ein Held bist, August."

„Ich bin kein Held. Jedenfalls noch nicht. Aber danke." Der Gedanke an das, was vor mir lag, brachte mich in Stimmung für nächtliche Geständnisse, also sagte ich zu ihr: „Und weil ich dich vielleicht niemals wiedersehen werde, sollte ich dir sagen, dass ich dich schön finde. Das denke ich schon, seit du 15 geworden bist. Du und ich waren aber altersmäßig zu weit auseinander, als dass jemals mehr daraus geworden wäre."

Sie setzte sich auf und sah mir direkt in die Augen, als sie lächelte. „Okay, wenn wir schon aufrichtig zueinander sind, kann ich dir sagen, dass ich dich immer schon heiß fand."

Eine verführerische Idee tauchte in meinem Kopf auf, als mein Schwanz sich aufrichtete.

Etwas zwang mich, dafür zu sorgen, dass sie wusste, wie es zwischen uns sein musste, bevor wir diesen Schritt machten. „Wir hätten nur eine gemeinsame Nacht. Du verstehst das, oder?"

Mit einem wissenden Gesichtsausdruck nickte sie. „Es wäre mir eine Ehre, meine Jungfräulichkeit an einen echten Helden zu verlieren."

Whoa, was?

„Du bist noch Jungfrau?" Hitze durchströmte mich – ich hatte noch nie eine Jungfrau gehabt. Und die Vorstellung, dass ich Tawny als Erster haben würde, nachdem ich sie jahrelang aus der Ferne begehrt hatte, erregte mich.

Sie nickte nur, als sie aufstand und meine Hand in ihre nahm, bevor sie mich in ihr leeres Haus führte.

Tawny

Nicht in einer Milliarde Jahren hatte ich erwartet, mich im *California Science Center* in Los Angeles umzusehen und zu bemerken, dass der Mann, dem ich meine Jungfräulichkeit geschenkt hatte, mich direkt anschaute. Seine haselnussbraunen Augen legten sich fest auf meine und ein teuer aussehender schwarzer Anzug umschloss seinen Körper, der noch muskulöser war als vor sieben Jahren. Seine gemeißelten Gesichtszüge, die scharfe Nase und die hohen Wangenknochen, die durch seine weichen, einladenden Lippen ausgeglichen wurden, nahmen meine volle Aufmerksamkeit ein, während mein Herz raste. Meine Hände ballten sich an meinen Seiten zu Fäusten und sehnten sich danach, wieder durch sein dichtes, welliges kastanienbraunes Haar zu streichen.

Meine Füße bewegten sich automatisch und trugen mich zu dem Mann, der mir so viel gegeben hatte. Ich hatte mich immer zu ihm hingezogen gefühlt, auch als wir nur zwei Nachbarskinder waren, die nach der Schule miteinander herumhingen. Manche Dinge änderten sich wohl nie.

„August Harlow!" Unsere Körper kollidierten, als ich meine Arme um ihn legte. Er umarmte mich fest und hob mich hoch, so dass meine Füße den Boden verließen. „Ich dachte, ich würde dich niemals wiedersehen."

Sein Griff lockerte sich, als er meine Füße zurück auf den Boden stellte. Seine haselnussbraunen Augen funkelten genau so wie in meiner Erinnerung. Genauso wie sie es all die Jahre zuvor getan hatten, als er mich zum ersten Mal geküsst hatte. „Ich muss das Gleiche über dich sagen, Tawny Matthews." Er ließ mich ganz los und ich vermisste sofort seine Berührung. In seinen Armen zu sein fühlte sich an, als wäre ich endlich wieder zu Hause. „Lass mich dich ansehen." Seine Augen wanderten über meinen Körper und ließen mich innerlich brennen. „Du bist erwachsen geworden, nicht wahr? Einfach perfekt."

Gerade als mein Kern zu pulsieren begann – Augusts Kompliment raubte mir den Atem – ließ mich ein Ziehen am Saum meines Pullovers nach unten sehen. Haselnussaugen leuchteten zu mir auf, und ich fuhr mit der Hand durch das seidige kastanienbraune Haar meines Sohnes. „Mama, wer ist das?"

„Dieser Mann war früher mein Nachbar, Calum." Ich sah August an. „Ich möchte, dass du August Harlow kennenlernst."

August streckte seine Hand aus, was ich gegenüber einem Sechsjährigen lustig fand. „Hi, Calum. Freut mich, deine Bekanntschaft zu machen."

Calum ließ sich von ihm die Hand schütteln, umschlang

aber mit dem anderen Arm mein Bein und klammerte sich an mich. Dann vergrub er sein Gesicht an der Seite meines Oberschenkels, und ich legte meine Hand auf seine kleine Schulter. „Er neigt dazu, schüchtern zu sein, bis er jemanden besser kennenlernt."

Augusts Augen trafen wieder meine. „Also hast du geheiratet?"

„Nein", sagte ich schnell, bot aber keine weiteren Informationen an. „Lebst du jetzt in L. A.?"

„Ja. Und du?", fragte August, als er seine Hände in die Taschen seiner Hose schob und auf den Füßen hin und her wippte, so wie er es in jener Nacht getan hatte, in der er mein Leben veränderte.

„Wir sind gerade hierhergezogen." Ich beobachtete August, wie er meinen Sohn beäugte, aber nicht fragte, wer sein Vater war. „Ich habe Sebastopol schon vor ein paar Monaten verlassen, kurz vor der Einschulung. Calum ist jetzt in der ersten Klasse. Ich wollte ihn nicht mitten im Schuljahr zu einem Wechsel zwingen, wenn der neue Job, für den ich hergekommen bin, beginnt."

August nahm seinen Blick von Calum, um mich anzusehen. „Und welcher Job wäre das?"

„Ich bin Krankenschwester und soll in ein paar Monaten im *Cedars-Sinai* Krankenhaus auf der Entbindungsstation anfangen." Calums Klasse ging weiter, und er sah seine Mitschüler an und dann mich. „Geh schon, Baby. Geh mit deiner Klasse mit. Ich komme gleich nach, mach dir keine Sorgen."

„Okay, Mama", sagte er und rannte wie der Blitz davon, um seine Freunde Kyle und Jasper einzuholen. Jeden Tag sprach er nonstop von den beiden, wenn ich ihn von der Schule abholte.

„Du bist Krankenschwester?", fragte August und hob seine dunklen Augenbrauen.

„Ja. Ich habe in San Francisco gearbeitet, nachdem ich

meinen Abschluss gemacht und meine Lizenz bekommen habe. Die Fahrt dorthin war wirklich lange, eine Stunde hin und eine Stunde zurück. Mom hat auf Calum aufgepasst, wenn ich Nachtschicht hatte. Beim *Cedars* bekomme ich die Tagesschicht und habe die Wochenenden frei. Calum wird den ganzen Tag in der Schule sein, während ich arbeite, und er muss nur ein paar Stunden in der Kindertagesstätte bleiben, bevor ich abends freihabe. Mit dem neuen Job wird alles besser."

„Ich bin beeindruckt." Er schaute mich bewundernd an. „Du und ich sollten zusammen zu Abend essen. Dann können wir uns richtig unterhalten."

Ich stimmte von ganzem Herzen zu und streckte die Hand aus. „Gib mir dein Handy und ich speichere meine Nummer in deinen Kontakten. Ich würde mich gerne weiter mit dir unterhalten, August Harlow."

Als ich meine Nummer eintippte, wanderten meine Gedanken sieben Jahre zu jener schicksalhaften Nacht zurück ...

Ich war über das Wochenende allein im Haus meiner Eltern in Napa Valley, und der Vollmond schien in mein Schlafzimmerfenster. Plötzlich hatte ich Lust, nach draußen zu gehen und ein bisschen im Mondlicht zu baden.

Ich setzte mich draußen auf einen der Liegestühle und hatte keine Ahnung, dass der heiße Kerl von nebenan bald zu mir kommen würde. *Just the way you are* von Bruno Mars lief auf meinem Handy und leistete mir Gesellschaft, bis das Geräusch der Hintertür, die im Haus neben uns geöffnet wurde, meine Aufmerksamkeit erregte.

Ich drehte die Lautstärke herunter, als mein gutaussehender Nachbar nach draußen trat und seine Augen auf den Mond richtete, bevor sie auf mir landeten. August Harlow und ich hatten einen Altersunterschied von vier Jahren, aber das hatte mich nie daran gehindert, in ihn verliebt zu sein. Als er anfing, Smalltalk zu machen, hatte ich das Gefühl, dass er wusste, dass ich vor ein paar Wochen 18 geworden war – und dass es für ihn wichtig war.

Wir hatten zusammen gespielt, als wir Kinder waren. Aber als er auf die Junior High kam, hatte ich das Gefühl, dass er mich nach und nach vergaß.

Sobald jedoch die Pubertät meinen Körper veränderte, bemerkte ich, dass er mich von Zeit zu Zeit von seinem Schlafzimmerfenster oben über dem Garten aus beobachtete. Ich stellte mir vor, wie er herüberkam und mich um ein Date bat. Aber ich hatte nie damit gerechnet, dass meine Fantasien wahr werden könnten.

In kürzester Zeit brannte mein Inneres für ihn. Zum Teufel, das war seit Jahren so. Mit dem Wissen, dass er am nächsten Tag ins Bootcamp gehen würde, bevor er in den Krieg zog, verlor ich jede Hemmung, die ich jemals gehabt hatte.

Ein Teil von mir, von dem ich nie gewusst hatte, dass er existierte, wurde lebendig und plötzlich ergriff ich Augusts Hand und führte ihn in das Haus meiner Eltern. Als wir drinnen waren, trat er die Tür zu und zog mich an sich. Er drehte uns um, bevor er mich gegen die Tür stieß.

Mein Herz schlug so wild, dass wir beide es fühlten. „Anscheinend habe ich dich nervös gemacht, Tawny."

Als mein Name aus seinem Mund kam, musste ich mit den Fingern über seine Lippen streichen. „Sie sind so weich, wie ich dachte."

Seine vollen Lippen verzogen sich zu einem sexy Lächeln, als er sie immer näher zu mir bewegte, bis sie meinen Mund berührten und Feuer durch meine Adern jagten. „Oh ...", stöhnte ich, wobei sich meine Lippen öffneten. Er nutzte die Gelegenheit, um seine Zunge in meinen Mund zu schieben und damit meine Zunge zu streicheln.

Mein Körper, der zwischen der Tür und seiner Stärke eingeklemmt war, fühlte sich an, als würde er ihm gehören. Jede kleine Berührung weckte tief in mir Sehnsucht. Ich hatte noch nie etwas so sehr gewollt wie ihn.

Als eine seiner Hände sich unter mein T-Shirt schob und meine nackte Brust umfasste, keuchte ich vor Verlangen und verstand nicht, wie sich die Hitze, die ich bereits gespürt hatte, noch verstärken konnte. Sein Mund verließ meinen und bewegte sich nach unten zu der Brust, mit der seine Hand spielte, während seine Zunge über meine Haut tanzte. „Gott!"

Er biss spielerisch in meine Brustwarze, dann hielt er sie zwischen seinen Lippen gefangen, während er sie immer wieder leckte, bevor er daran saugte. „Gefällt dir das?", fragte er und ich konnte als Antwort nur stöhnen.

Meine Hände strichen durch sein welliges dunkles Haar und genossen, wie es sich anfühlte. „Verdammt, deine Haare sind so weich", meine Stimme war ein Flüstern.

„Und du schmeckst wie der Himmel", knurrte er, bevor er mich wie eine Braut hochhob und ins Wohnzimmer trug. Er legte mich auf das Sofa und positionierte seinen Körper auf meinem.

Das Gewicht seines Körpers gab mir das Gefühl, dass er jetzt mir gehörte. Als würde ich für immer einen Teil von ihm haben – zumindest in meinem Kopf und in meinem Herzen.

Er küsste mich hart, als er den Bund meiner Pyjamahose nach unten zerrte und seine Hand in mein Höschen schob. Ein weiteres Keuchen entkam mir, als sein Finger in mich glitt. „Fuck, du bist verdammt eng, Baby." Er grinste mich an. „Ich kann es kaum erwarten, dich um meinen harten Schwanz herum zu spüren."

Mir wurde schwindelig bei seinen unanständigen Worten.

Verflucht noch mal, er ist verdammt heiß!

Ich packte den Saum seines T-Shirts, zog es hoch und strich mit meinen Händen über seinen muskulösen Rücken. Sein

Finger pumpte sich in mich und machte mich nur noch begieriger, seinen Schwanz in mir zu spüren.

Er entfernte sich von mir und begann, sich direkt vor mir auszuziehen. Als er nach unten griff, um mir meine Pyjamahose ganz abzustreifen, hielt ich ihn auf. „Lass uns zu meinem Bett gehen, August. Ich werde ein wenig bluten, wenn du mich entjungferst. Und wenn ich Moms Sofa mit Blut beflecke, wird sie mich umbringen."

Er nahm mich in seine Arme und küsste mich noch einmal, dieses Mal sanft und süß. „Dann zeige mir, wo dein Zimmer ist."

Ich führte ihn in das Zimmer, in dem ich aufgewachsen war, und setzte mich auf mein Bett. Als er mir meine Sachen auszog, bewegten sich seine Lippen über jeden Zentimeter Haut, den er entblößte. Mein Höschen war das Letzte, was wegmusste, dann streiften seine Lippen mein Geschlecht. Das Stöhnen, das aus meinem Mund drang, war tief und kehlig. „August ..."

Warme Luft bewegte sich über mein Zentrum, als er darauf blies. Ich hatte keine Ahnung, dass Sex so großartig sein könnte – keine Ahnung, dass Sex mit August so gut sein könnte. Und es war schrecklich, dass ich nur diese eine Nacht mit dem Mann haben würde ...

„Mama!" Der Klang der Stimme meines Sohnes riss mich aus meinen Erinnerungen zurück in die Realität.

Augusts braune Augen blickten in meine. Er war real und stand direkt vor mir. Der Mann, von dem ich gedacht hatte, dass ich ihn niemals wieder spüren würde, stand zwei Meter von mir entfernt.

Durch ein Wunder hatte ich doch noch eine Chance mit ihm.

∽

August

Als mein Neffe Gino endlich Feierabend hatte, stand er kurz vor dem Verhungern, also gingen wir etwas essen, bevor ich ihn nach Hause brachte. Ich sah das Auto meiner Schwester in der Einfahrt und ging hinein, um mit ihr über den Tag und meine zufällige Begegnung mit Tawny zu sprechen.

Da Tawny und ihr Sohn eine Menge Fragen bei mir aufgeworfen hatten, musste ich mit jemandem darüber reden. Leila und ich standen uns immer schon nahe und ich wusste, dass ich ihr vertrauen konnte.

Gino und ich gingen in die Küche und wurden vom Rest der Kinderschar empfangen. „Mom, ich mag Spaghetti nicht so, wie du sie kochst", meckerte Jeanna, ihre Älteste.

„Dann koch sie dir selbst, Jeanna. Verdammt!", schrie Leila, als sie eine riesige Packung Pasta auf die Arbeitsplatte knallte.

„Hi", rief ich, um meine Schwester dazu zu bringen, mich anzusehen.

Ihre Augen wanderten über die Kinder, die die Küche füllten, bevor sie auf mir landeten. „Hey." Sie sah ihre älteste Tochter an, als sie zum Weinkühler ging und nach einer Flasche und zwei Gläsern griff. „Du bist heute für das Abendessen zuständig, meine Liebe."

„Ich helfe dir", rief der Jüngste der Gruppe, der zehnjährige Jacob, der seine Hand hob, als wäre er in der Schule.

„Großartig", kam Jeannas sarkastische Antwort.

Leila ging an mir vorbei und neigte den Kopf, damit ich ihr folgte. „Komm schon, kleiner Bruder."

Ich verließ die laute Küche und trat mit Leila auf die Terrasse hinaus. Sie zog den Korken aus der Flasche und füllte ihr Glas ganz, bevor sie meines halbvoll machte.

„Bist du heute geizig, Schwesterchen?", fragte ich, als ich mich auf die andere Seite des kleinen Tisches setzte, der zwischen zwei Stühlen stand. Meine Schwester hatte absichtlich nur zwei Stühle und den kleinen Tisch auf diese spezielle Terrasse gestellt, um die Kinder davon abzuhalten, sie hier zu stören.

„Nein, du musst Auto fahren, also bekommst du nur ein halbes Glas." Sie setzte sich mit einem langen Seufzer hin und trank einen genießerischen Schluck von ihrem Wein. „Oh, das ist köstlich." Ein weiterer herzhafter Schluck folgte, dann lehnte sie sich zurück und sah entspannt aus. „Na, was ist los?"

„Erinnerst du dich an die Matthews von nebenan?", fragte ich und trank von dem Wein, den ich bitter fand. Scheinbar fand meine Schwester jede Art von Wein köstlich.

„Sicher, sie hatten ein Kind. Ein Mädchen. Ähm, Tawny." Ein weiterer langer Schluck und ihr Glas was zur Hälfte leer. „Was ist mit ihnen?"

„Nun, ich habe Tawny heute gesehen, als ich im *Science Center* war, um Gino abzuholen." Ich hielt inne, als ich über Leilas Rolle bei meiner zufälligen Begegnung mit der jungen Frau nachdachte, an die ich mich seit unserer gemeinsamen Nacht oft erinnert hatte. „Danke, dass du mich gebeten hast, ihn abzuholen. Wäre ich nicht dort gewesen, wäre ich ihr nicht begegnet. Und verdammt, ich habe es genossen."

„Sie ist zu jung für dich, Romeo", informierte mich Leila schnippisch. Immer die ältere, klügere Schwester.

„Nein, das war sie nicht." Der Wein war nicht mein Geschmack, aber ich probierte noch einen Schluck.

Nein, immer noch bitter.

Leilas dunkle Augenbrauen hoben sich. „Sie *war* es nicht? Meinst du nicht eher, sie *ist* es nicht?"

„Sie war es nicht und ist es jetzt auch nicht", erklärte ich. „Weißt du, in der Nacht, bevor ich zum Bootcamp ging, war Vollmond. Ich ging nach draußen, um ihn mir anzuschauen, weil ich nicht schlafen konnte, und fand dort Tawny. Eins führte zum anderen und es endete damit, dass ich Sex mit ihr hatte und ihr die Jungfräulichkeit nahm."

Das Weinglas fiel fast aus Leilas Hand. Aber meine Schwester packte es schnell wieder, bevor auch nur ein Tropfen verschüttet wurde. „Nein! Sie war noch ein Kind, August!"

„Nein, sie war 18, und ich war erst 21", korrigierte ich sie.

„An dem Tag, als du zum Bootcamp gegangen bist, warst du 21, aber drei Tage später bist du 22 geworden. Du bist fast vier Jahre älter als dieses Mädchen. August, du solltest dich schämen." Sie hielt lange genug inne, um etwas zu trinken, bevor sie weitersprach. „Und die Tatsache, dass du ihr die Jungfräulichkeit genommen hast, ist ... nun, es ist scheiße, das ist es."

„Ja, ich weiß." Ich schaute zu der tiefstehenden Sonne am Himmel – es war Abend geworden. „Sie hat einen Sohn. Er ist in der ersten Klasse. Wie alt ist ein Kind, wenn es in der ersten Klasse ist, Leila?"

„Sechs", sagte sie sofort. Sie hatte so viele Kinder, dass sie nicht einmal darüber nachdenken musste.

„Sechs?", fragte ich, als ich über das Alter des Kindes nachdachte. „Bist du sicher? Nicht vier oder so? Der Junge war ziemlich klein. Ich dachte, er müsste ungefähr vier sein."

„Kinder sind immer klein, August. Aber wenn er in der ersten Klasse ist, dann ist er sechs oder sieben." Sie leerte ihr Glas und füllte es sofort wieder.

Wenn das Kind sechs war und Tawny und ich vor ungefähr sieben Jahren zusammen gewesen waren, könnte er dann ...?

„Es ist sieben Jahre her, dass sie und ich zusammen waren. Denkst du, er könnte von mir sein?"

„Ich weiß es nicht." Leila betrachtete den Rotwein, während sie ihn in ihrem Glas herumwirbelte. „Sieht er wie du aus?"

„Er hat braune Haare und braune Augen." Ich schob meine Hand durch meine brünetten Haare, als ich an den kleinen

Jungen dachte. „Und er ist bezaubernd, genau wie ich." Ich grinste sie an.

Ihre Augenbrauen hoben sich. „Wow. Hast du Tawny nicht einfach gefragt, ob er dein Sohn ist?"

War sie verrückt? „Auf keinen Fall! Das wäre unhöflich gewesen. Und der Junge stand fast die ganze Zeit daneben."

Meine Antwort auf ihre absurde Frage brachte mir ein Nicken ein. „Du hast recht ... Das hättest du nicht fragen können, wenn das Kind dabei war. Ist sie verheiratet?"

Mit einem Kopfschütteln antwortete ich: „Nein."

Leilas Augen weiteten sich, als ihr ein Gedanke kam. „Ist ihr dein Milliardärsstatus bekannt?"

„Nein." Ich zwinkerte ihr zu. „Das ist nichts, was ich jedem erzähle, Schwesterchen. Kannst du dir vorstellen, was sie von mir denken würde, wenn ich das herausposaunen würde? *Oh, schön, dich wiederzusehen, und übrigens, ich bin jetzt stinkreich.*"

Meine Schwester sah mich misstrauisch an. „Hmm, wenn sie es erfahren würde, glaubst du, dass sie dich um Unterhaltszahlungen bitten würde, wenn das Kind von dir ist?"

Als ob ich der Frucht meiner Lenden nur Unterhaltszahlungen geben würde und sonst nichts! „Wenn dieser Junge von mir ist, unterstütze ich ihn gerne. Denkst du, ich sollte sie anrufen und sie bitten, mich heute Abend zum Essen zu begleiten?"

„Warum fragst du mich das?" Sie schaute zur Seite, als das Geräusch einer sich öffnenden Tür ihre Aufmerksamkeit erregte. „Wenn es nicht wichtig ist, kann es warten. Geh zurück ins Haus, Jenna." Sie hatte nicht einmal nachgesehen, wer es war, aber irgendwie spürte sie es. Leila schüttelte den Kopf, als sich die Tür wieder schloss. „Sie ist eine kleine Petze. Als sie 14 wurde, dachte ich, sie wäre fertig mit diesem Mist. Aber nein, sie macht es immer noch. Und Jeanna ist diejenige, die sie am liebsten verpetzt."

„Sie hat es wahrscheinlich auf Jeanna abgesehen, weil du ihr fast den gleichen verdammten Namen gegeben hast und sie das zornig macht", bot ich als Erklärung an. „Wer macht so etwas, Leila? Jeanna und Jenna – warst du bekifft, als du dein viertes Kind so genannt hast? Oder sind dir einfach die Namensideen ausgegangen?"

„Letzteres." Sie trank einen Schluck. „Und auch ein wenig Ersteres, wenn ich ganz ehrlich sein soll. Aber zurück zum Thema – ich bin viel älter als Tawny, da ich drei Jahre älter bin als du. Ich habe sie nie wirklich gekannt. Ich habe keine Ahnung, ob du sie heute Abend zum Essen einladen sollst oder nicht. Vielleicht hegt sie einen Groll gegen dich – ich weiß, dass ich es tun würde. Ob du der Vater des Jungen bist oder nicht, du hast mit ihr geschlafen, ihr die Jungfräulichkeit genommen und sie dann ganz allein zurückgelassen. Verdammt, das hätte mich fertiggemacht."

„Sie war überhaupt nicht wütend – nicht vor sieben Jahren und nicht, als ich sie heute gesehen habe. Ich denke, sie zum Abendessen auszuführen, ist eine gute Idee, aber sie könnte einen Babysitter brauchen. Ich dachte, du könntest dich freiwillig dafür melden. Es würde dir die Chance geben, das Kind zu sehen, das dein Neffe sein könnte", versuchte ich, meine Schwester zu überreden.

Tatsächlich war ich mir nicht sicher, ob das Kind von mir war oder nicht. Ein Teil von mir wollte auf und ab springen und der Welt verkünden, dass ich Vater war. Aber der vernünftige Teil von mir sagte, dass ich ruhig bleiben sollte und das Kind nicht von mir sein könnte. Es war besser, nicht allzu viel darüber nachzugrübeln.

Sie stellte das Glas ab und ein Lächeln füllte ihr Gesicht. „Ich bin dabei! Du weißt, wie sehr ich Kinder liebe."

Sie war verrückt nach ihnen. „Einer meiner Geschäftspartner ist kürzlich Vater geworden. Wäre es nicht verrückt, wenn ich auch Vater werden würde?"

Sie lehnte sich auf ihrem Stuhl zurück und blickte in den Himmel. „Es sind schon verrücktere Dinge passiert, August. Aber du solltest wirklich darüber nachdenken, bevor du sie um ein Date bittest. Wenn das Kind nicht von dir ist – willst du dann wirklich mit einer alleinerziehenden Mutter zusammen sein? Es wäre grausam für Tawny, dich in ihr Leben zu lassen, wenn alles, was du suchst, eine schnelle Affäre mit ihr ist. Und falls der Junge doch von dir ist – sie kommt seit sechs Jahren ohne dich zurecht. Willst du wirklich eine so große Verantwortung übernehmen? Es ist schwer genug, geplant Vater zu werden, bei dir ist es praktisch über Nacht passiert. Und du hast gerade viel zu tun, weil der Nachtclub bald eröffnet wird."

„Vielleicht hast du recht." Der Club war in meinen Gedanken verblasst, seit Tawny aus heiterem Himmel wieder in meinem Leben aufgetaucht war. Meine Geschäftspartner und ich waren alle damit beschäftigt, die Eröffnung unseres Clubs *Swank* zu planen. Wir hatten den Eröffnungsabend für Silvester angesetzt, das nur ein paar Monate entfernt war. „Vielleicht sollte ich warten. Aber verdammt ... Tawny war hübsch vor sieben Jahren, aber jetzt ist sie absolut atemberaubend. Ich kann nicht aufhören, an sie zu denken."

„Hier ist mein Rat", sagte meine Schwester, als sie aufstand. „Warte noch ein bisschen. Finde heraus, ob du in einer Woche immer noch an sie denkst. Selbst wenn ihr Sohn nicht dein Kind ist, solltest du darüber nachdenken, wie es wäre, eine alleinerziehende Frau zu daten. Es ist nicht immer leicht. Wir Mütter sind komisch, wenn es darum geht, Männer in das Leben unserer Kinder zu lassen. Und es ist nicht immer die einfachste Beziehung, wenn man seine Partnerin von Anfang an mit jemandem teilen muss."

Was sie sagte, setzte sich in meinem Kopf fest. „Ja, ich denke du hast recht. Ich werde eine Woche warten und sehen, wie ich mich dann fühle. Wenn der Junge von mir ist, würde sie es mir sowieso erzählen, auch wenn ich sie nicht zu einem Date einlade. Ich meine, warum sollte sie das nicht tun?"

Die Überzeugung, dass Tawny mir gesagt hätte, dass er von mir war, oder zumindest, dass wir reden sollten, ließ mich denken, dass Calum nicht von mir sein konnte. Egal wie ähnlich er mir sah.

Vielleicht hatte Tawny einfach einen bestimmten Männertyp. Vielleicht hatte sie sich nach unserer gemeinsamen Nacht nach mir verzehrt. Vielleicht war sie ausgegangen und hatte sich einen Typen mit den gleichen Haaren und Augen wie ich gesucht, damit sie so tun konnte, als wäre sie wieder mit mir zusammen. Und dann hatte das arme Mädchen erkannt, dass kein Mann sie so erfüllen konnte wie ich, also hatte sie sich wieder von dem Kerl getrennt.

Ich musste über meine Arroganz grinsen, aber ein Teil von mir hoffte, dass genau das der Fall war. Es war besser, als an die Alternative zu denken.

Tawny

Es war Nacht geworden und August hatte mich noch nicht angerufen. Wahrscheinlich war es dumm von mir zu denken, dass er mich sofort anrufen würde. Er schien ein vielbeschäftigter Mann zu sein – seinem Anzug nach zu urteilen, musste er eine gehobene Position haben. *Bestimmt hat er nur sehr viel zu tun*, redete ich mir ein.

Nachdem ich Calum ins Bett gebracht hatte, schenkte ich mir ein Glas Rotwein ein und setzte mich auf mein Bett. Ich nippte am Wein und versuchte vergeblich, ein E-Book zu lesen, das ich heruntergeladen hatte, aber die romantischen Szenen ließen mich kalt. Was August und ich vor so langer Zeit getan hatten, war heißer als alles, was die Autorin in ihrem Buch beschrieb.

Ich legte mein Kindle auf den Nachttisch, lehnte mich zurück, schloss die Augen und nahm die Erinnerungen an jene Nacht wieder auf, genau da, wo ich aufgehört hatte, als Calum mich im *Science Center* abgelenkt hatte …

August hatte mich ausgezogen und war ebenfalls herrlich nackt. Er hatte mich zu meinem Bett gebracht und sein Mund war auf meinem Venushügel – er küsste, knabberte und leckte mich in einen Zustand der Glückseligkeit, von dem ich nicht einmal gewusst hatte, dass er existierte.

Ich hatte mir schon selbst Orgasmen verschafft und sie hatten sich ziemlich gut angefühlt, aber was August tat, war nicht von dieser Welt. Seine Zunge drängte sich in mich und ließ mich zitternd Atem holen. „August!"

Er ließ nicht nach, sondern schob seine Zunge immer wieder in mich und fickte mich damit. Die Art, wie seine Hände meine Hüften packten und mich für ihn festhielten, damit er mit mir tun konnte, was er wollte, ließ mich vor Lust schreien, als die orale Stimulation mich über den Rand der Ekstase brachte.

Mein ganzer Körper pulsierte bei dem Höhepunkt. So etwas hatte ich noch nie zuvor gespürt. Dann küsste August meinen ganzen Körper und hielt dabei inne, um mit seiner Zunge um meinen Bauchnabel zu fahren. Er liebkoste meine Brüste, bevor er zu meinem Gesicht kam und mir einen harten Kuss gab. „Bereit?", fragte er, als er seinen Mund von mir wegzog.

Ich suchte seine Augen, als ich auf meine Unterlippe biss. „Tu es. Nimm mir meine Jungfräulichkeit, August Harlow."

Er beugte sich auf mich herab und schwebte nicht länger über meinem Körper, sondern ließ mich durch sein Gewicht in die Matratze sinken. Sein Mund eroberte meinen, als er seine Hände hinter meinen Knien einhakte und sie hochhob, so dass meine Füße auf der Matratze standen. Im nächsten Moment erfüllte mich ein brennendes Gefühl, als er seinen Schwanz in mich stieß.

„August!", schrie ich.

„Ruhig, Baby. Alles wird gut." Er hielt vollkommen still, bis der Schmerz nachließ. Als mein verzweifeltes Keuchen abebbte, zog er seinen Schwanz fast ganz aus mir heraus und schob ihn dann wieder in mich. Dieses Mal tat es nicht so weh.

Obwohl der Schmerz noch da war, war da auch noch etwas anderes. Vergnügen.

Seine Hände bewegten sich an meinen Armen entlang und er begann einen sanften, gleichmäßigen Rhythmus. Weiche Lippen streiften meinen Hals, gingen dann weiter und blieben direkt hinter meinem rechten Ohr stehen. Er biss, leckte und küsste die Stelle, bis mein Körper erbebte.

„August!", schrie ich immer wieder, als der Orgasmus mich in meinen Grundfesten erschütterte.

Wenn jemand behauptet hätte, dass Sex sich so großartig anfühlen könnte, hätte ich ihm gesagt, dass er log. In diesem Moment schien nichts real zu sein. Die Gefühle, die durch meinen Körper strömten, waren zu großartig und zu fantastisch. Es musste alles ein Traum sein. Es musste so sein!

Der heiße Typ von nebenan war nicht wirklich zu mir gekommen, als ich mitten in der Nacht draußen saß. Er hatte mir noch nie Aufmerksamkeit geschenkt, warum also jetzt?

„Baby, du hast mir das beste Geschenk der Welt gemacht." Seine Lippen waren wieder auf meinen, und seine Zunge drängte sich in mich hinein und eroberte mich.

Oh ja. Er würde mich bald verlassen. Der traumähnliche Zustand verblasste, als die Realität einsetzte. Ich hatte gerade meine Jungfräulichkeit einem Mann geschenkt, der nicht bei mir bleiben konnte. Einem Marine, der gefährliche Missionen hatte. Einem Marine, der vielleicht nie wieder nach Hause kommen würde.

Und mit diesen Gedanken verwandelte ich mich in ein unersättliches, sexy Mädchen – ich brauchte mehr. „Oh, Baby. Ich hatte keine Ahnung, wie gut es sein würde. Du hast mir auch ein verdammt gutes Abschiedsgeschenk gemacht." Ich hob meinen Körper an und ließ ihn wissen, dass ich mehr wollte.

Sein Lächeln ließ mein Herz dreimal so schnell wie sonst schlagen. „Oh, Tawny Matthews, du bist etwas ganz Besonderes, nicht wahr?"

„Ich möchte, dass du Dinge mit mir tust, von denen du immer nur geträumt hast. Zeige mir Sachen, an die ich vorher noch nie gedacht habe. Fick mich die ganze Nacht lang. Gib mir Erinnerungen, die ich für den Rest meines Lebens in mir tragen werde – Erinnerungen an die eine Nacht, in der ich August Harlow zwischen meinen Beinen hatte." Meine Hand fuhr um seinen Nacken herum und ich zog ihn an mich, damit er mich wieder küsste.

Er schob seinen Schwanz erneut in mich und stieß härter als jemals zuvor, während er meine Beine um sich schlang. Dann kam er mit einem lauten Stöhnen und die feuchte Hitze seines Spermas, das mich füllte, spornte meinen Körper zu einem weiteren Orgasmus an.

Keuchend wie wilde Tiere auf der Jagd kämpften wir darum, wieder zu Atem zu kommen. Sein Schwanz war immer noch in mir. Ich hatte mich nie mehr mit einer anderen Person verbunden gefühlt als mit ihm in diesem Moment. Sein Schwanz, der nicht annähernd so hart war wie zuvor, fühlte sich gut in meinem Inneren an, das sich gedehnt hatte, um sich seinem Umfang und seiner Länge anzupassen.

Unsere Atmung wurde langsamer und er zog seinen Kopf von meiner Schulter, um mich anzusehen. „Hey, meine Schöne."

Seine Lippen pressten sich gegen meine Stirn. „Zumindest wirst du das nie wieder durchmachen müssen. Von jetzt an wirst du beim Sex nur Vergnügen erleben." Er begann, seinen Schwanz in mir zu bewegen, und ich konnte fühlen, wie er wieder hart wurde. „Es wäre egoistisch von mir, dich zu bitten, dich von keinem anderen Mann berühren zu lassen, wenn man bedenkt, wohin ich gehe, nicht wahr?"

Ich blinzelte verwirrt. Wollte er mich? Langfristig?

„August, wenn du nicht gehen müsstest, würden du und ich ..." Ich wusste nicht, wie ich die Worte sagen sollte, und schloss frustriert die Augen.

„Ich würde gerne mit dir zusammen sein, wenn ich nicht gehen müsste." Er küsste meine Wange. „Du wärst mein Mädchen, wenn ich bleiben könnte. Ich würde dich auf Dates ausführen und in billige Motels bringen, wo wir die ganze Nacht ficken würden – wenn ich nicht gehen müsste. Verdammt, eines Tages würden wir vielleicht sogar heiraten und ein Haus voller Babys haben."

„Wenn du nicht gehen müsstest", beendete ich seinen Gedanken.

„Aber ich muss gehen." Er überzog mein Gesicht mit zärtlichen Küssen, als sein Schwanz noch härter wurde und er begann, sich in mir zu bewegen.

Er hatte recht damit, dass der Schmerz der Vergangenheit angehörte, da sein Umfang nun nur dazu diente, mich zu erregen. Die Art, wie er sich auf mir bewegte, ließ mich stöhnen und kleine, wimmernde Laute ausstoßen, die ich noch nie zuvor gemacht hatte. „Ich werde niemals das, was ich dir gebe, einem anderen Mann geben. Niemals. Ich gehöre dir, August Harlow. Nur dir. Nimm dieses Versprechen mit auf deinen Einsatz."

Das Lächeln, das sich auf seinem hübschen Gesicht ausbreitete, machte mich fast atemlos. „Und ich gehöre dir, Tawny

Matthews. Für immer und ewig." Seine Lippen pressten sich gegen meine und besiegelten unseren Pakt.

Wir wussten beide, dass er nicht real war. Nun, ich wusste, dass August Sex mit anderen Frauen haben würde. Aber meine Worte waren echt – ich meinte sie ernst. Ich gehörte ihm. Nur ihm. Ich konnte mir in diesem Moment auf keinen Fall vorstellen, mit einem anderen Mann Sex zu haben. Mit keinem anderen würde es so gut sein.

In dieser Nacht nahm August mich auf so viele Arten, dass mir schwindelig wurde. Er hinterließ mir genug Erinnerungen für ein ganzes Leben. Wir liebten uns unter der Dusche, auf dem Boden, im Flur – er konnte seinen Schwanz nicht von mir fernhalten ...

Als all die Erinnerungen mich überwältigten, öffnete ich die Augen und spürte Lust in mir aufsteigen. Ich zog die Schublade das Nachttischs auf und wollte gerade meinen Vibrator herausholen, als ein Klopfen an meiner Tür ertönte.

Einen Moment lang dachte ich, es könnte August sein, aber dann rief eine kleine Stimme: „Mama, ich habe Angst. Kann ich bei dir schlafen?"

Ah, da war sie wieder, die Realität. *Nicht heute Abend, Tawny.*

August

Nach einer Videokonferenz mit meinen Partnern über den Nachtclub ging ich aus dem Besprechungsraum in mein Büro.

Ich hatte mir eine Bürosuite besorgt, in der ich für wohltätige Zwecke arbeiten konnte. Da nur ich und eine Angestellte hier waren, brauchte ich nur drei Räume: mein Büro, Tammys Büro und den Besprechungsraum. Tammys Büro diente auch als Lobby.

„Tammy, Sie können nach dem Mittagessen nach Hause gehen, da heute Freitag ist", rief ich ihr zu, als ich an ihrem Büro vorbeiging.

„Danke, Sir", rief sie zurück. Die arme alte Frau war schwerhörig, aber sie war großartig beim Recherchieren und half mir dabei, die besten Wohltätigkeitsorganisationen zu finden.

Als ich mich an meinen Schreibtisch setzte, sah ich das Datum auf meinem großen Kalender. Es war eine ganze Woche her, seit ich Tawny zuletzt gesehen hatte. Sie hatte in meinem Kopf einen permanenten Platz eingenommen und ich konnte nicht aufhören, an sie zu denken.

Also rief ich meine Schwester an. „Fröhlichen Freitag, August."

„Dir auch." Ich tippte mit einem Bleistift auf den Schreibtisch. „Eine Woche ist vergangen und Tawny Matthews ist immer noch in meinen Gedanken. Kannst du heute Abend babysitten?"

„Ja", sagte sie und hielt dann inne. „Ich habe aber nachgedacht."

„Worüber?" Ich drehte meinen Stuhl um und schaute aus dem Fenster. Der Himmel war klar und blau, also mussten die Big Bear-Waldbrände gelöscht worden sein.

„Über deinen, ähm ... ich nehme an, du würdest es als Zustand bezeichnen ..." Sie verstummte und ich knirschte mit den Zähnen.

„Was ist damit?" Meine Hand fuhr direkt zu meinem Kopf und massierte meine Schläfe, als sich dort Anspannung aufbaute.

„Nun, hast du mit deinem Therapeuten darüber gesprochen? Du hast niemanden gedatet, seit du entlassen wurdest. Du kannst vielleicht nicht gut mit dem Druck umgehen." Sie meinte es gut, das wusste ich. Aber sie verstand mich nicht.

„Ich bin mit Frauen zusammen gewesen, seit ich zurück bin, Leila", korrigierte ich sie.

„Aber du hast sie nicht gedatet", widersprach sie mir. „Du hast Frauen in Bars getroffen und die Nacht mit ihnen verbracht, aber du hast nicht versucht, eine Beziehung mit ihnen zu haben. Und du hast Tawny schon einmal geliebt und sie dann verlassen."

„Als ob ich eine Wahl hatte, Leila." Meine Stimme war hart. Tawny hatte gewusst, dass ich gehen musste.

„Damals nicht. Aber jetzt, da du eine Wahl hast, wird sie mehr von dir wollen, wenn ihr zusammen ausgeht. Sie wird dieses Mal mehr erwarten. Das musst du dir eingestehen. Du bist nicht in der Verfassung, für irgendjemanden da zu sein", sagte meine Schwester sanft und erinnerte mich an meine Probleme.

„Ich hatte in den letzten vier Monaten nur drei Episoden. Das ist ein Fortschritt, wenn man bedenkt, dass ich fast jeden Tag eine hatte, als ich zurückgekommen war." Ich stand auf und ging zum Fenster, um nach draußen zu schauen, während ich versuchte, mich zu beherrschen.

„Du bist erst seit einem Jahr in Therapie, August. Lass dir Zeit. Zwinge dich nicht zu früh zu viel zu tun. Eine Beziehung ist Arbeit."

Ich musste sie unterbrechen: „Leila, eine Beziehung, im Ernst? Ich rede davon, das Mädchen zum Abendessen auszuführen, nicht sie zu bitten, mich zu heiraten."

Sie lachte. „Okay, vielleicht übertreibe ich. Ich lebe in der Zukunft, weißt du. Ich denke immer voraus. Daten ist nicht so, wie ein Mädchen in einem Club zu treffen, August. Es ist nicht, wie Mädchen zu ficken, während du bei den Marines bist. Ein Date führt zu einem weiteren und noch einem und dann hängt man einfach zusammen rum und macht gar nichts. Du musst auch an ihr Kind denken."

„Was ist damit?", fragte ich. Ihre Worte ergaben keinen Sinn für mich.

„Kinder machen plötzlich Lärm. Plötzlicher Lärm kann bei dir eine Episode auslösen", warnte sie. „Ruf deinen Therapeuten an, bevor du sie um ein Date bittest. Frag ihn, was er davon hält."

„Fuck!" Sie hatte recht. Ich musste vorausdenken. „Ich rufe ihn jetzt gleich an. Bye."

„Ich liebe dich, kleiner Bruder." Sie legte auf und ich schlug mit meiner Faust gegen die Wand.

Warum kann ich nicht einfach normal sein?

Ich setzte mich wieder an meinen Schreibtisch und rief meinen Therapeuten an. Seine Sekretärin verband mich mit seinem Privat-Handy, weil er nicht im Büro war. „Dr. Schmidt hier."

„Hey, Doc, hier ist August." Mein Kopf begann zu pulsieren und mein Mund wurde trocken.

„August, wie geht es Ihnen?" Seine Stimme brach. Das Alter hatte von dem Mann, der sich darauf spezialisiert hatte, ehemaligen Militärangehörigen mit PTBS zu helfen, seinen Tribut gefordert. Der Arzt hatte in Vietnam gedient und kannte nur zu gut die Gefahren des Krieges und was damit zusammenhing.

Aber selbst Dr. Schmidt hatte nicht gesehen, was die Menschen in diesem Krieg gesehen hatten. Ich schon. Das, was ich während meiner Stationierung durchgemacht hatte, quälte mich immer noch und ließ mich Dinge sehen, die nicht da waren – Leute, die nicht mehr da waren, aber trotzdem in meinem Gehirn auftauchten.

„Es geht mir gut. Ich rufe an, weil eine Frau aus meiner Vergangenheit in die Stadt gezogen ist. Ich habe sie letzte Woche gesehen und würde sie gerne auf ein Date ausführen. Sie war meine Nachbarin in der Kleinstadt, in der wir aufgewachsen sind. Sie hat auch einen kleinen Sohn. Ich denke, er könnte von mir sein", sagte ich, während ich bei dem Gedanken lächelte.

Ich habe vielleicht einen Sohn.

„Ist die junge Dame unsicher, wer der Vater ist?", fragte er besorgt.

„Ich denke nicht. Ich meine, ich weiß es nicht. Wir konnten nicht viel reden. Ich bin ihr im *Science Center* begegnet. Sie war dort für die Exkursion ihres Sohnes. Sie musste gehen, aber ich sagte ihr, dass ich sie irgendwann einmal ausführen werde, und sie hat zugestimmt."

„Oh, ich glaube nicht, dass Sie bereit für eine Beziehung sind, August", unterbrach er mich. „Es geht Ihnen gut, aber das könnte Sie zu sehr belasten. Ich weiß, dass ich Sie gewarnt habe, dass Ihre geschäftlichen Aktivitäten zu viel für Sie sein könnten, und größtenteils waren sie es nicht. Aber dazu noch eine Frau und ein Kind? Ich habe Angst vor dem, was passieren könnte. Eine erwachsene Frau könnte vielleicht mit einer Ihrer Episoden umgehen, aber ein Kind ... nun, Sie würden ein Kind erschrecken, wenn Sie vor ihm eine Attacke hätten."

Selbst er dachte, ich sei nicht bereit. Aber warum redeten immer alle von einer Beziehung? Es war ein verdammtes Date! „Okay, eine Beziehung ist im Moment nicht möglich für mich. Aber wie wäre es nur mit einem Date, Doc?"

„Sie kennen diese Frau von früher. Sie denken, Sie könnten der Vater ihres Kindes sein. Und Sie glauben ernsthaft, es geht nur um ein Date?", fragte er mich in einem strengen Tonfall. „Es geht nicht nur um ein Date und Sie wissen das auch, sonst hätten Sie mich nicht angerufen. Es geht darum, sich mit zwei Menschen einzulassen, mit ihr und ihrem Sohn. Und dafür sind Sie noch nicht bereit. Vielleicht wären Sie es, wenn Sie bei einem der Medikamente, die ich Ihnen verschrieben habe, geblieben wären. Sie sind derjenige, der sich weigert, Tabletten zu nehmen, um Ihren Zustand zu verbessern."

„Es gefiel mir nicht, wie ich mich durch die Medikamente gefühlt habe. Ich mag es nicht, wie betäubt durch das Leben zu gehen, Doc. Und die Therapie funktioniert für mich. Ich hatte nur drei Episoden in den letzten vier Monaten. Mir geht es schon viel besser." Jemand außer mir musste die Tatsache anerkennen, dass ich die PTBS ohne Tabletten im Griff hatte.

„Warten Sie bis nach unserem nächsten Termin damit, diese junge Frau auszuführen. Das ist meine Meinung – Sie haben angerufen, um sie zu hören, wenn ich Sie erinnern darf. Auf Wiedersehen, August, bis nächsten Donnerstag."

Der Anruf endete. Ich dachte über die Anweisungen meines Arztes nach, legte mein Handy auf den Tisch und senkte den Kopf.

Wenn ich noch einmal in der Situation von damals wäre, würde ich sicherstellen, dass ich meine Glock bei der Razzia in jener Nacht nicht verlor. Hätte ich sie nicht verloren, wäre mir nie eine neue zugeteilt worden. Eine fehlerhafte. Sie wäre nicht losgegangen und hätte meinem guten Freund das Leben gekostet. Dann hätte ich diese verdammte PTBS nicht – zumindest wäre sie nicht ganz so schlimm.

John Black war ein guter Marine und ein guter Freund gewesen. Er war auch der Grund, warum ich mehrere Millionen Dollar erhalten hatte, die ich dann zu Milliarden machte. Ich hatte den Prozess gegen den Hersteller der Waffe, die John getötet hatte, gewonnen und die Auszahlung in eine Investmentfirma meines jetzigen Partners Gannon Forester gesteckt. Gannon nahm das Geld und investierte es in dieselben Dinge, in die er investiert hatte.

Alles, was ich wollte, war, dass John Blacks Name am Leben blieb. Ich hatte den Mann versehentlich getötet, aber durch die Gnade Gottes war ich in der Lage, für wohltätige Zwecke auf der ganzen Welt zu spenden und Menschen in seinem Namen zu helfen.

In dieser Hinsicht hatte ich mein Ziel erreicht. Mein anderes Ziel, ein normales Leben als Zivilist zu führen, allerdings noch nicht – ich wollte nicht länger davon gequält werden, was an jenem schrecklichen Tag passiert war. Die Attacken kamen immer aus dem Nichts. Ich lebte mein Leben ganz normal und plötzlich sah ich John klar und deutlich vor mir. Mein Herz klopfte wild, wenn ich jedes Mal dasselbe dachte: *Er lebt!*

Ich lächelte den Mann an, der kerngesund aussah, so wie er es immer getan hatte. Ich rief seinen Namen, dann blitzte etwas auf und eine Kugel zischte durch die Luft. Johns Gesicht verzerrte sich und ihn traf die Kugel, die meine Glock von ganz allein abgefeuert hatte, in den Kopf.

Eine Blutlache bildete sich um ihn herum, als er auf dem Boden lag. Seine blauen Augen öffneten sich, sahen mich an und fragten still, was ich ihm angetan hatte. Und dann fing ich an zu schreien. Immer wieder schrie ich seinen Namen, bis jemand es schaffte, mich in die Realität zurückzuholen.

Ich würde dieses Leben niemandem wünschen. Aber ich wünschte mir verdammt nochmal, die Erinnerungen würden mich in Ruhe lassen.

John Black konnte nicht zurückkommen. Das Geld, das ich verdient hatte, wurde dafür verwendet, anderen zu helfen. Ich hatte dafür gesorgt, dass aus jenem schrecklichen Moment etwas Positives entstand. Aber mein Gehirn weigerte sich loszulassen. Meine Gedanken hielten diese schreckliche Erinnerung wie ein Stahlkäfig gefangen. Und wenn ich es am wenigsten erwartete, öffnete sich der Käfig und ich durchlebte die Szene noch einmal in all ihrer Grausamkeit.

Wann würde der Schmerz enden?

Lies Nachtclub Überraschung JETZT!
https://books2read.com/u/3LgD6M

www.ingramcontent.com/pod-product-compliance
Lightning Source LLC
LaVergne TN
LVHW011708060526
838200LV00051B/2809